Away

和泉 桂

幻冬舎ルチル文庫

CONTENTS ✦目次✦

Time Away

✦カバーデザイン＝chiaki-k
✦ブックデザイン＝まるか工房

イラスト・麻々原絵里依 ✦

Time Away

1

――航。航、ごめんね……ごめんね。

航の一番古い記憶は、そう繰り返す父の泣き顔だ。

母が亡くなったときは、松永航よりも父のほうがショックを受けて、ずっと泣き続けていた。

人一倍整った顔立ちの父――松永優生がはらはらと涙を流すものだから、自分自身の悲しみよりも先に、これ以上その涙を見たくないという気持ちになってしまって。

「ぼくはへいきだよ」と心なし胸を張って答えると、子供にこんなことを言わせるなんて気丈すぎて可哀想だと、優生はますます泣いた。

天才といわれるくせに間が抜けていて、綺麗で、不器用で、庇護欲をそそるひと。

絶対、このひとを守らなくちゃだめだ。

このひとは今日から、自分のすべてなんだ。

子供心にそう刻み込み、航は生きてきた。

だから、時々不思議に思っていた。

一番大切なひと――優生を見失ったら、自分はどうなるんだろう?

戯れにそう考えると胸を締めつけられて、いても立ってもいられなくなった。本当になくしてしまうなんて、思ってもみなかったのだ。

「!」

唐突に目を覚ました航は、枕に頭をつけたまま深々とため息をついた。

また、朝が来たのか。

いっそこの世界から目覚めることなく、航自身も消えてなくなってしまえばよかったのに。

もう一度、息を吐き出す。

「………」

父が、死んだ。

夏の盛りに掻き消えるように亡くなった優生のことを思うと、それは夢だったのではないかとさえ考えてしまう。

入院していた病院で「少し眠るね」と呼吸器越しに唇だけを動かした彼は、引き込まれるように目を閉じた。

鳴り響くアラート、駆け込んできた医師と看護師。

呆然とする航の目の前で、彼の命は消えてしまったのだ。

死に顔は白芙蓉みたいに美しくて、今にも起きだしそうだった。なのに揺すっても縋って
も二度と目を覚まさずに、その現実を受け容れざるを得なかった。
航は三歳の頃に事故で亡くなったという母の顔を、まるっきり覚えてはいない。
知ってはいるけれど、それはデータや動画の中の母の姿であって、実体験ではない。
ただ、父が泣いているシーンは何度も何度も頭の中でリピートし、それを心に刻み込んで
いたので、そのときの彼の顔だけは覚えていた。
母のときに比べれば、父の死は違う。
彼が倒れたときからその死に至るまで、すべてがなまなましく圧倒的なリアルだった。
誰よりも大事な人を失ったというのに、この瞬間でさえも航の心臓は動いていて、空腹は
訪れ、眠くなったら眠る。
虚しい。
結局、人生はそういうふうに繋がっていく。
誰がいなくなろうと、人はいつかその記憶を風化させて平気で生きていくのだ。
優生は才気溢れる脳科学者として、国立生理学融合研究所で研究に勤しみ、男手一つで懸
命に航を育ててくれた。一人息子の航が何不自由なく暮らせるように心を砕き、こうして、
都内の一軒家を購入するほどの収入もあった。
そんな優生の才能を愛し慕ってくれる人は多く、内々で済ませるつもりだった葬儀にも弔

問客が引きを切らなかった。

誰からも慕われた優生を見送った航の心は、今なお後悔でいっぱいだ。

どうしてもっと、彼との最後の時間を大切にしなかったのだろう、と。

ここ二年ほど、優生はやけに忙しかった。平日はこの家にはなかなか戻ってこすに、研究所に寝泊まりする日々が続いていた。

私立大学の工学部を卒業した航はフリーのプログラマとして在宅で仕事をしているので、この広い家でもほぼ一人暮らしのようなもので、週末だけ顔を合わせる関係というのは、正直、気が楽だった。

普通の親子みたいに適切な距離を取れることにほっとしていたし、優生の研究にも関心がなかった。航も優生の不在に慣れていたはずだった。

でも、実際には違っていた。

慣れていたわけじゃない。優生がいないことに、慣れようとしていただけだ。

そんなことを考えつつもう一度目を閉じてみたが、二度寝するのは無理だった。

「最悪……」

諦(あきら)めて目を開けた航は、天井を見上げる。航が大学に入ってからリフォームをしたので、未(いま)だに時々寝惚(ねぼ)けてこの天井はどこだっけ……と思うことがある。この部屋は白分の好みで仕上げたのに、不思議なものだ。

白い天井に太い茶色の梁。床も白い仕上げで、スタイリッシュだがどこか無機的なところが、昔遊びに行った優生の研究所に似ているかもしれなかった。

顔を上げてテレビのスイッチをオンにすると、先頃参議院を通過した法案についての解説と学者や政治家の激論が行われていた。

臓器移植用に作られたクローン人間はすべて違法だとする急進的な法案が賛成多数で成立。半年後にはクローンを所有する病院や施設は処分を確定しなくてはいけない。このところの急激な人口増加による食料品価格の高騰、新型細胞の開発による臓器の培養が可能になったことなどを鑑み、医療用クローンは過去の遺物と成り果てたのだ。

航にとってはまったく関心のない話題だった。

世界に数百万、数千万という統計すら取られぬほど多くのクローン人間がいるのは知っているし、一般的に『クローン』と言うと、それは『クローン人間』を指すほどに市民権を得ている。だが、それを根絶やしにして問題が解決されるとは思わなかったうえに、航自身はクローンなんて見たことがない。そこまで焦って根絶するほどに重大だとは思えなかった。

航はリモコンのスイッチを押して、電源を切る。

しばらく見ていても、大したニュースがないとわかったからだ。

ベッドから渋々下りると、クローゼットを掻き回して無地のTシャツにコットンの薄地のパンツを探し出す。ショートパンツは苦手なので、暑い時期でもズボンの裾を捲る程度だ。

「航、起きた？」

マグカップを手にひょいと廊下から顔を覗かせたのは恋人のみずきで、つき合って三年ほどになる。

共通の友人からの紹介だったが、結婚を考える前に倦怠期に突入した。それが航の認識であるものの、彼女がどう思っているかまではわからない。

面倒を避ける、ふわふわした関係が続いていたからだ。

「いたのか」

ついそう言ってしまうと、彼女は不満げに顔を曇らせた。

「いたのかってひどくない？　松永家への初めてのお泊まりなのに」

彼女が身につけているのは、躰にフィットするタイプのカットソーに七分丈のパンツ。自分が元気なときは色っぽいなと思ったのだろうか。もう、それすら思い出せない。

「あー……うん」

航は歯切れの悪い返事をしてしまう。

「お父さんが亡くなって傷心の航を慰めようと思ったのに、上の空で……結局何にもなかったし」

みずきはむっとしたように唇を尖らせる。ずいぶんと子供っぽい仕種だった。

みずきの家に何度か泊まったことはあるが、彼女から泊まりに来たのは初めてだ。

自宅には優生がいるからと、航が訪問を許さなかったせいもある。父がたとえ平日は不在がちだったとしても、予告なしに帰宅されては目も当てられない。

それが、優生を亡くして一か月も鬱(ふさ)ぎ込んでいる航を心配して泊まりに来たのだから、有り難いというか有り難迷惑というか……。

みずきが恋人らしく初めてのお泊まりをもっと楽しみたかったとしても、航としてはそんな心境には到底なれなかった。

一か月以上もセックスレスなことを不満に思っているようだが、こちらもどうしようもない。その気になれるわけがないのに、いくらなんでもデリカシーがなさすぎる。

そもそもみずきは傷心を一か月も引き摺(ず)るなんて男らしくないと言いたいのかもしれないが、唯一の肉親が亡くなってさっさと立ち直るというのは、航の性格上、無理な相談だった。

あるいは、自分が優生の死にこだわりすぎているのだろうか。

いや、人が一人死んだのだ。そう簡単に割り切れるはずがない。

航は自分の迷いを打ち消す。

「悪かったよ」

それでも、みずきとの軋轢(あつれき)を避けたいがゆえに航は無難な対応を選んだ。

「そうそう、航だって、あんまりうじうじしないでよ。クールが売りなんだよ？」

そんな航の配慮をまったく汲(く)み取らずに、みずきはここぞとばかりに不満を並べてくる。

「そんなのを売りにしたつもりはないよ」

「そういうところがクールなの。だから、いつまでもへこんでるとせっかくのイケメンも台無しなんだよ。相乗効果っていうの？　わかる？」

「相乗効果ってプラスの要因のときに使う言葉だろう」

面倒になった航はフォローも入れずに、むしろ突っ込んでしまう。

それを聞いたみずきはへこんだような表情になり、きゅっと口を噤んだ。

恋人から顔を褒められるたびに、それが目当てでつき合っていると言われている気がしてうんざりする。

航の男らしくも端整な顔立ちはどちらかといえば彫りが深く造作も大ぶりだった母親似で、亡くなった父にあまり似ていないというのが周囲の評価だったからだ。

身長は百八十センチ近くあり、航の肉体にはしなやかな筋肉はついている。それでも、航は美形の枠に入るらしい。いくら男らしいといっても母親似という時点で、マッチョさは持ち合わせていないせいだ。おまけに、線が細い父親の血も確実に引いているのだ。

優生は髪の色は淡い茶で、目も同系色だったためにサングラスが手放せなかった。それに引き替え、母親似の航はつやのある黒い髪に黒い目という、極めて日本人にありがちなカラーリングだ。航は二重のくっきりした目が印象的だそうで、そこが好きだとみずきに言われたことがあった。

「ねえねえ、たまには出かけよ？　今日、私も仕事休みだし」

みずきはあっさりと気を取り直したらしく、すぐさま別の話題を出してくる。

「ごめん、俺、納期明けで疲れてて」

「ちょっとご飯食べるくらい、いいじゃない」

フリーランスで働いている以上は休みに関してはかなり融通が利くものの、優生が亡くなったことで精神的な打撃を受けたうえに、保険の処理など想像以上に雑務が多く、二週間以上使い物にならなかった。

それでも納期は待ってくれず、やっとのことで一つ仕事を仕上げたのが昨日だ。そこにみずきが押しかけてきたのだから、疲れてぐったりしてしまっていた。

みずきは悪い子ではないのだが、いまいち空気を読めないのだ。

「そういう気分じゃない」

「そういうって……じゃあ、どういう気分なわけ」

「当分は引きこもってたいんだよ。わかったら放っておいてくれ」

つい強い言葉で言ってしまったのが、彼女の逆鱗（げきりん）に触れたようだ。

「ああ、もう!!」

突然みずきが大声を上げ、ばしっと手近に積んであった郵便物を床に投げ捨てた。

「何だよ、突然」

「お父さんが亡くなったことは大変だと思うし同情もするわ。でも、引き摺りすぎ。いつまでも立ち直れないし、私が来ても何の意味もないじゃない」

「来てくれって、俺が頼んだわけじゃない」

「そうじゃないわ。慰めにもならないなら、航にとって彼女がいる意味って何なのよ！」

嚙み合いそうにない会話のせいで、憂鬱さに拍車がかかる。

もうだめだな、と漠然と思った。

とはいえ、みずきとの関係は、いずれこうなることはわかっていた気がする。

修羅場なのに心が動かないのは、こうなる可能性をいつもシミュレートしていたせいかもしれない。

頭の中で、最悪の事態を想定するのは航の悪い癖だ。

だが、今はそれがいい方向に作用していた。

すなわち、破局に対する心がけができているという消極的な意味で。

「たった一人の肉親なんだ。落ち込むのは仕方ないだろ。それが嫌なら別れればいい」

「ええ、いいわよ。そこまで言うなら別れてやるわよ」

「ああ、そうしよう。これで終わりだ」

吐き捨てるように言った途端、みずきの顔がくしゃっと歪む。

泣かれる。

一番面倒な事態を予測し、航は疲弊（ひへい）しきっていた。

別れたいと言うから、別れてもいいと答えたのだ。父を失った今の自分は抜け殻状態だし、こんなことではみずきと楽しくは過ごせない。

みずきだって、ほかの男と陽気に過ごしたほうがよほど幸せだろう。

つまり、この結論はお互いのためになるはずだ。

「私がいなくたっていいってわけ⁉」

なのに、さらにボルテージが上がっていくのは解（げ）せなかった。

「逆だ。おまえが俺といてもつまんないだろって言いたいんだ」

みずきを尊重しようとする航の意図は、逆効果となったようだ。

「私の質問に答えてよ！」

彼女が一方的にヒートアップしかけたそのとき、インターフォンのベルが鳴った。

昔からタイミングが悪いほうで、こういうシチュエーションはよくあるのだが、闖入者（ちんにゅうしゃ）にはだいたい助けられる。そういう運命に違いない。そういう意味では、タイミングがいいというべきだろうか。

今回も、救いの手の出現にほっとする。

応対にモニターを使うか迷ったが、そうするとまたここに留（とど）まらなくてはいけなくなる。

とりあえず会話を打ち切りたくて真っ直（す）ぐに玄関へ向かった航は、シューズボックスの上に置いてあった印鑑を摑んで勢いよくドアを開けた。

サンダルを突っかけるために下を向いていたので、真っ先に視界に飛び込んできたのは、グレイのタイルの上にあるスニーカーを履いた細い脚だった。

怪訝に思いつつ顔を上げた航の目に、信じ難いものが映る。

「父さん……!?」

理性で己を律するより先に、気づくと航はその単語を叫んでいた。

みずきにクールと指摘されたように、普段の航は冷静沈着が身上のはずだった。なのに、そんなことを言っていられないような事態が起きたのだ。

父だ。

目の前には、死んだはずの優生が立っている。

白い膚。色白の細面。身長は百七十センチほどの華奢な躰に、澄んだ二重の瞳。尖った口許に小さな唇。すべてのパーツが理想的に配置された面差しは、確かに優生のものだ。

看取ったばかりの優生に比べれば後ろ髪が長いのが違いといえば違いだったが、もっと大きい誤差がある。

優生は、航の記憶にある中でも相当に古い面影を持ち合わせていたのだ。

——ごめんね、航。

母の死にショックを受ける航を慰めた、あのときの父が眼前に佇む。

「こんにちは」

中音域の声までもほとんど同じで、たちの悪い冗談のようなできごとに航はくらりとする。

残暑の陽射(ひざ)しを背後から浴び、長袖の白いシャツに身を包む彼は、天使にも死神にも思えた。

白いシャツの胸ポケットには眼鏡(めがね)かサングラスが納まり、黒いスラックスはぴしっとアイロンがかかっている。

白皙(はくせき)の美青年という風情で、微(かす)かに蒼褪(あおざ)めているせいか、よけいにその容姿が冴(さ)え冴(ざ)えと輝いていた。

やはり、優生にそっくりだ。

誰かの心ない悪戯(いたずら)か、白昼夢なのか。

もともと優生はあまり歳(とし)を取らない容貌(ようぼう)の持ち主だったので、たまに一緒に出かけると、航と兄弟に見られることさえあった。それでも自分の兄に見える程度で、今、ここにいる男は明らかに航の弟ほどの年齢だ。

何ごとかと訝(いぶか)ったらしくリビングから顔を出したみずきは、さも薄気味悪そうに相手を見つめている。彼女も葬儀には訪れたので、父の遺影は覚えていたようだった。

「何なの、お父さんって。このあいだ亡くなったばかりよね」

みずきに端正な顔を向けて、青年は桜色の唇を開いた。

「僕は海里、小池海里です。お二人とも、はじめまして」

ぞんざいに接するみずきに対しても、丁寧な受け答えだった。

抑揚が少ないしゃべり方が、よけいに優生を彷彿させる。

動揺にさっきから、心臓がばくばくと脈打ち続けていた。

「小池……」

母の旧姓だ。

どうする?

想定を遥かに超越した事態に、航は我ながら滑稽なほどに動転していた。

「航、この人、何なの?」

みずきが口火を切ったので、航は我に返った。

優生が現れるわけがない。彼は死んだのだから。

母の姓を名乗ったのが気になるが、妥当なのは優生の親族という線だろう。

たとえば、金の無心とか、相続のこととか、どんな可能性だって考えられる。

追い返すか迷ったものの、頼りなげに立ち尽くす青年がそんなふうにがつがつした人物には見えないし、何よりもその容姿に心が動いたのは事実だ。

それに、一番考えたくないが、有力な可能性が残っている。

ここまで似ているのだから、優生の子供という疑いだってあるのだ。

「みずき、おまえ、もう行けよ。ちょうど帰るところだったろ」

ここでみずきがいては話が拗れるだろうと、航は強い口調で告げる。

「はあ？　何よ、それ」

「俺はこの人と話があるんだ。おまえとの話は終わったからな」

「な……」

みずきはあからさまに不審そうな顔をしたものの、どこか無機的な笑みを浮かべる海里とやらの存在を不気味に思ったのか、さっさと帰り支度を始めた。

リビングからバッグを手に戻ると、険悪な目つきで航を睨みつける。

「お望みどおり、もう二度と来ないわ。勝手にすればいいのよ」

ばたんとドアを閉め、その次に、がしゃんと鉄製の門扉が叩きつけられる音が聞こえる。

おそらく完全には閉まっていないだろうが、今すぐ外に出て門を閉め直すのは、追いかけていったと思われそうで癪だ。

玄関先には、航と来訪者の二人が残された。

「もう、いいのかな」

「何が？」

「挨拶だよ。はじめまして、航」

裸足で三和土に下りた航は手を伸ばし、ドアに手を突いて男を——海里を見下ろす。

先制攻撃のつもりだった。

「いきなり呼び捨てされる義理はない」

みずきではなくこの男と話をする選択はしたが、だからといって、馴れ馴れしくされる謂われはない。

ゆえに航が不機嫌に言うと、海里は首を傾げた。

淡い茶色の髪が、さらりと揺れる。ドアの上に塡め込まれたガラスから入り込んだ光が、彼の存在を照らし出していた。

そのせいか、ひどく眩しくて目を開けているのがつらいくらいだ。

「名前で呼ぶのが、親しみを表現するのにいいと学んでいる。特に、僕たちの関係ではそれがセオリーだろうと考えた結果だ」

初っぱなから、意味がわからない。でも、彼のペースで話をするつもりはなかった。

「じゃあ、あんたのことは海里と呼べばいいのか？」

「そうだ。もし居心地が悪いのなら、父さんと呼んでくれてもいい」

「気色悪い冗談はやめろよ。あんた、殴られたいのか？」

ぐっと彼の襟首を摑んだせいで、よりいっそう距離が近くなる。

吐息が触れるくらいの近さ。

そうでなくとも、父にそっくりの男を見せられて動揺しているというのに、父と呼べというのは笑えない冗談だった。

「冗談を言ったつもりはない。一応確かめておくが、僕のことを優生に聞いていないのか」

「当然だ」

海里が困ったように視線をさまよわせた。

そこで、またしてもインターフォンのベルが鳴った。

「はい」

今度は誰だ？　みずきだろうか。

海里を押し退《の》けるようにしてドアを開けると、真っ黒に日焼けした宅配便の業者が「お届け物です」と笑顔を見せる。

「ＩＤカードか印鑑、お願いします」

「はい」

印鑑なんて前時代の遺物で、今時、利用者は殆《ほとん》どいないだろう。

玄関に置きっ放しだった財布からＩＤカードを抜き取ると、業者は写真を見てから、バーコードに機械を当てて本人確認をする。すぐに承認され、「ありがとうございました」とカードを返してきた。

航が生まれる前にこのシステムは導入され、国民が全員ＩＤカードを所有している。毎年更新手続きの必要な写真つきのＩＤカードは本名と生年月日、現住所が記されているだけでなく、戸籍や病院のカルテ、ＤＮＡ情報に至るまでが集約された政府のデータベースにアクセスできた。各企業は許可された一部の情報を引き出して本人確認を行っている。どうせ個人情報など何かあれば流出するのだから、各企業が独自にデータベースを持つよりは、こうして情報を集約させたほうがいいというのがＩＤカードが導入された理由の一つだと、まことしやかに囁かれていた。

「ありがとうございました」

ぺこりと頭を下げて出ていった業者を見送り、航は息をついた。

こんなところで話をしていても、埒が明かない。

本屋から届いた箱を小脇に抱えた航は海里を見据え、「上がれよ」と言った。

「ああ」

お邪魔します、と彼は言って、スニーカーを脱いで上がり込む。

航は廊下の奥にあるリビングルームへ海里を招き、二人がけのソファに腰を下ろすよう促した。

そして、壁に寄りかかったままの航は腕組みをして相手を正面から見据えた。

「あんたは誰だ」

「小池海里と名乗ったはずだ。本当に優生は、君に何も話していなかったようだな」

ソファに座り込んだ彼との会話は、この段階ですでに嚙み合いそうにない。

「知らないって言ってるだろ。あんたはどうして俺の父親に似てるんだ」

「それは」

刹那（せつな）、海里が口籠もったので、航はすかさず畳（たた）みかける。

「隠し子か何かか？　血縁関係は？」

「血縁関係は、あるといえばある」

ショックだった。

頭を鈍器で殴られたような気が——する。

「だよな……」

母はいないのだから、優生が誰とつき合ったってかまわない。

腹違いの兄弟がいたとしても、受け容れるつもりだった。

けれども、それを教えてくれなかった優生の薄情さに、航は打ちのめされていた。

「それだけよく似てれば、すぐにわかる」

いや、似ているなんてレベルではない。

こうして彼を見ていると、顔貌（かおかたち）だけでなく膝（ひざ）の上に置かれた手、指、爪（つめ）——どれもが、父に似すぎている。

「母さん以外にも、あのひとはそんな気になったんだな」

ショックを紛らわせるために、自分らしくない直接的な発言すら飛び出してくる。

「それはない。君の父親は、生涯、妻の冴子と子供の航だけを愛していた。ほかの女性を抱く理由にはならない」

「じゃあ、あんたはどうやって生まれたって言うんだよ！」

海里の表情が、さっと曇った。

そうした仕種や変化の一つ一つに、優生との共通点を見出しそうになって航は内心で舌打ちをする。

とはいえ、声は似ていても、どこか口ぶりはやわらかくて、ふわっとした話し方をする父とはだいぶ違うのが、航にとっては唯一の救いといえた。

それ以外はここまでそっくりで父の面影を拭い去れないのに、隠し子ではない。

なのに血縁関係があるというのは、つまり――ついさっき耳にしたニュースのことを思い出した。

この男は優生のクローンではないのか。

嘘だ、そんなはずはない。

クローンなんて、金持ちのための贅沢な延命の道具だ。

「事実だけを話してくれ。俺には聞く権利があるはずだ」

航が何とか気持ちを立て直して問うと、相手はこくりと頷いた。

「僕は君の父親のクローンだ。似ていて当然だ」

まさか、という疑念と、やはり、という失望とが半々だった。

クローン人間というのは、大概が『本体』の延命や暗殺に備えたダミーという非人道的な目的のために生み出される存在だ。

あのおっとりと優しい父が、自分のためだけにそんなものを用意するとは信じられなかった。でも、現にこの海里とやらが目の前にいるのだ。

何よりも、優生に秘密があったことが驚愕に値した。

航の思いがどんなものであれ、自分たちは世間一般では、それなりに仲のいい親子だと目されていたはずだし、航自身もそのつもりだった。

なのに、それを覆すような重大な秘密を優生が隠していたとは。

「父にクローンがいたなんて初耳だ。あんた、適当に嘘をついてるんじゃないのか。今、クローン人間禁止法案が盛り上がってるし」

昨今ではあまり流行らなくなったクローン人間は、ここ半年ほど続いていたクローン人間禁止法案の審議のおかげでまたニュースを賑わし、人の口に上がるようになっていた。

「僕は優生には似ていないのか？」

シンプルな問いに航はぐっと言葉に詰まりかけたが、懸命に続けた。

「だいたい、父は自分が死ぬことを予期していなかったはずだ。それでクローンを作るなんて……いや、待てよ」

航は一旦言葉を切る。

「何よりも、あんたの年齢がおかしい。クローンは……」

「そう、現在の技術ではクローンの成長を促進することはできない」

航の言わんとすることに気づいたらしく、海里はあとを引き取った。

「クローンを育てるのには、人間と同じ年数がかかるのは常識だ。だから、ある程度成熟した臓器が欲しいからといって、本体が病気になってから作成したのでは通常は間に合わない」

それくらい、常識だった。

だからこそ、クローンは育成に莫大なコストがかかるのだ。

「あんた、何歳だ?」

「生まれてから二十三年経つ」

「俺より三つ下か」

仮にこの男が本当に優生のクローンならば、彼は航が生まれてしばらくしてからその作成にかかった計算になる。

いったい、何のために?

目を閉じれば今も、美しかった優生の横顔が容易に瞼の裏側に甦ってくる。

欠点だらけではあったが、トータルしてみれば、優生は最高の父親だった。

優しかった。航のことを可愛がってくれたし、愛情を注いでくれた。

こんな歪な、出来損ないの息子に。

可愛がる価値なんてない、クズにも等しい男に。

ぎり、と航は唇を噛み締める。

だが、優生も別の意味では腐った心根を持っていたのか。

自分が生きるためのスペアを作っていたなんて、あまりにも非人道的ではないか。

「……航？　顔色が悪いようだ」

「だから、呼び捨てはよせ」

吐き捨てるように言ったせいで、海里は表情を曇らせた。

「すまない。だが、僕は……君の父親としての認識を刷り込まれている。行動原理として、そちらを優先してしまう」

「何だって？」

意味のない謝罪に、航は苛立っていた。

優生と同じ美しい細面を見るのにも、耐え難いほどに神経を逆撫でされる。

「僕は、君の父としての知識を与えられた。人格は優生とは、決して同じではないのだけれど……そのせいで、君に会うと親として接しようとしてしまう。それを不愉快に思うなら、すまないとしか言いようがない」

「……ホントだな」

吐き捨てるように言い、航はそっぽを向く。これ以上、海里を見ていたくないという意思表示のつもりだった。

「そもそもあんたがクローンだって証拠がない。証明できなければ、俺はあんたを信用しない」

我ながら、悪足掻きだった。

嫌になる。

堪えようと思ってきた気持ちが噴き出しそうになり、航は目を伏せる。

――ねえ、航っておかしいわ。何でそんなに父親のこと、意識してるわけ？

まだ優生が元気だった頃、みずきにも言われたことがある。

どんなによくできた女性であっても、恋人として長続きしない理由が、美しくて儚げな優生にあると言ったらみずきはどんな顔をしただろう？

今、目の前にいる父そっくりの男は、航の心ない発言に傷つき、悲しげに視線を迷わせている。たまらずにそのほっそりとした肩を抱いてやりたくなるほどに、その表情は心細げだ。

これが生活感の溢れる自宅でなければ、今頃我を忘れていたかもしれない。

改装したおかげでやわらかな白木の床。白い壁。北欧調の家具でまとめられた部屋は、片づけていない新聞や弔問客のリストやらでごちゃごちゃしている。置き場の思いつかない位牌はあり合わせのローテーブルの上に置かれ、飾られた花は萎れていた。

「どうなんだよ」

「証明は可能だ。しかし、ＤＮＡ鑑定には時間がかかる」

「つまり、あんたと父の顔が似ているっていう、そんなシンプルな証拠を信じろって？」

「そうだ」

事実、顔も声も背格好も、すべてが忌々しいほど亡父に似ている。

信じないほうがおかしいのだが、往生際悪く言葉を重ねた。

「ＩＤカードは？」

「クローンは登録制だが、戸籍はない。ＩＤカードが発行されるのは、データベースに登録された、出生届を出されたもののみが対象だ」

極めて常識的な返答だった。

航は息を吐き出してから、頭を振った。

「さしあたって、あんたは何しにここに来たんだ？」

この状況で来訪するとは、航を苦しめるためだけに顔を見せたとしか思えない。

「もちろん、息子に会いに。それから」

「それから？」

その先を言い淀む気持ちがわからずに、航は相手を睨む。

「お別れを言いに」

「――は?」

お別れというデリカシーのない言葉に、ずんと胃の奥が冷えた気がした。

無論、それを言わせたのは航だったが、彼が残酷な言葉を吐いたのには変わりがない。

「何で」

動揺に、声が掠(かす)れた。

「ニュースを見ていないのか? さっき君も言っていたクローン禁止法案が来月には発効する」

「それがどうかした?」

「これから先、クローン人間の作成が禁止されるだけではない。これまでに作られたクローン人間はすべて、処分される。方法は問わないが、主としてクローンに苦痛を与えないよう、薬物による安楽死が推奨されている」

「………」

はっとした。

言われてみれば、昨日のうちに可決されたのは、クローン人間の禁止と処分のための法案だ。

「ちょっと待って」

タブレットを持ち出すついでに、無糖のアイスコーヒーをペットボトルからグラスに注いで海里に出してやる。

海里は手を着けなかったがそれを無視し、航はタブレットを操ってネットにアクセスした。


世界大戦と冷戦を経て、科学は人類史上でも類を見ないほどに加速度的に発達していった。

中でも医療の進歩はめざましいもので、さまざまな治療法が発達していった。

その最中、冷戦のストレスと核戦争の不安、長寿への憧(あこが)れから、いつしかクローン人間の作成が発達するようになった。

はじめは合法と非合法の境目が曖昧(あいまい)だったが、それを必要とした有力者らの後押しでなし崩(くず)し的にクローンは合法化され、多くのクローン人間が作られた。

主として金のある連中はクローン人間を、自分の『スペア』として作成した。致命的な病気になったときに、いつでも臓器を取り出せる存在として、あるいは暗殺防止のためのダミーとして。

しかし、それはいくつもの問題を孕(はら)んでいた。

クローン人間は臓器移植の手段として有効だが、それは一つの脅威を生み出したためだ。

そもそも、自分のクローンを作れる人間は社会的にステータスが高い金持ちや、研究者など、それなりに地位や能力があるものが多かった。だが、同じ遺伝子を持つということは、本体と同等のポテンシャルを秘めているということでもある。

また、自身のために臓器を培養すること、そのために紛いものであってもヒトを殺すことは宗教的にも問題があると議論を生み出した。

その最中で、クローン人間は、一つの大きな事件を起こした。

被害者のイニシャルを取って、俗にJM事件と呼ばれている。

クローンが己の本体であるアメリカの大富豪の女性に取って代わろうと目論見(もくろみ)、本体を殺害してしまったという事件だ。当然、年齢があまりにも本体とかけ離れていたのでクローンが入れ替わるのは無理だったし、もとよりダミーにはさまざまな知識が欠けていた。

そこから、人々はクローンと人間の関わりについて考え直す羽目になった。

ただ臓器の培養手段として育てるだけではよくないと、クローンには殺人を忌避する人格を授ける倫理教育が必要だということになったのである。

しかし、それは簡単なことではなかった。

教育をすることにより、クローンの維持にコストがかかりすぎるようになったのだ。

これでは、移植に必要な臓器は金に困った人間から買うほうが、遥かにコストダウンになる。また、クローンを教育すると、限りなく人間に近くなってしまう。

その線引きは曖昧になる。

私利私欲のためだけに、同じ『人間』を屠(ほふ)ってまで臓器を取り出すことに抵抗を覚える人間が増えるようになった。

そうでなくとも人口爆発で食糧危機が叫ばれる最中、クローンを育てるのは『持つ者』のエゴだという意見も力を得た。

これに各種宗教団体の思惑が絡み合い、クローンは違法にするとの法案が成立したのがつい昨日というわけだ。

法案で可決された内容は、これから先のクローンの作成の禁止。

これまで作られたクローンの廃棄の促進及び、医学への利用の促進。一年の猶予があるのは、今後一年以内にクローンの根絶を目指すためだった。


読み終えたとき、沸々と込み上げてきたのは行き場のない怒りだった。

向かい合わせに座った海里はやはりコーヒーには手を着けず、温度差で結露したグラス表面の水滴を眺めている。

要するに優生は、二十三年もかけて、まったく役に立たないスペアを作り上げたのだ。

この男がいたくせに、最愛の父は死んでしまった。

いざというときにまったく役に立たない存在を育てていたなんて、お笑いぐさだ。いったいどんな喜劇だというのだろう。

「あんたがいたのに、父さんは死んだんだ。そのために育成されたくせに、とんだ役立たずだな」

タブレットをソファの上に投げ出した航は、険しい目つきで海里を睨んだ。

クローンだとわかれば、よけいに怒りが増す。

どうして優生の代わりに、この男が死ななかったのか。

「すまない」

謝りながら悲しげに目を伏せられると、よけいに苛々する。

その淋(さび)しげな顔でさえも、優生そっくりだ。

それきり海里が黙ってしまったので、航は深々とため息をつく。

少し、冷静さが甦ってきた。

「――悪い。脳の移植は無理だと聞いているからな……あんたを責めるのはお門違(かどちが)いだ」

そもそも、脳科学者だった父が脳腫瘍(のうしゅよう)で死ぬなんて、皮肉な話だった。

「やっぱり、航は優しいな」

出し抜けにそんなことを言われて、航は眉根(まゆね)を寄せる。

「え?」

「優生の言うとおりだ。ハンサムで自慢の息子だと。クールな一面もあるけれど根っこは優しいし、責任感があるといつも褒めていた」

滔々（とうとう）とそう述べ、海里は優しく微笑（ほほえ）む。

もともとの顔立ちがひどく整っているだけに、その笑顔は蠱惑（こわく）的だ。

「やめろよ」

ハンサムなんて、とっくに死語だ。

彼と同じ顔、同じ声でそんな発言をしないでほしい。

優生はもう、どこにもいないのに。

話題を切り替えようと航は一旦深呼吸してから、相手を見据えた。

「あんた、どこで暮らしてたんだ？」

「君の父親の研究室だ。特別に僕の居住用のスペースを設置し、研究所で二十三年暮らした」

「研究所はあんたの存在を知っていたのか？」

「当然だ。僕はいざというときに優生のバックアップになるのではないかと、期待されていた。だが、僕は優生のやっていることを理解はできたし、実験を手伝えても、彼と同じ創造性を持つことはなかった」

「才能がなかったという意味か？」

「そうだ。それがわかるまでに、優生の個人的な所有物であるはずの僕の教育と成長には、多くの人間が関わった」

葬儀に来た研究所の連中は、そんなことは一言も教えてくれなかった。

「研究所の人たちが、あんたの存在を俺に明らかにしなかった理由は？」

「不明だ。その質問に対する答えは、用意していない」

「自分で考えてみろよ」

「……僕が？」

海里は怪訝そうな顔になり、首を傾げる。

「そういう思考はパターンにない……」

海里に対して苛々する理由が、わかった気がする。

彼の話はすべて、誰かに与えられた情報をただ提示しているだけなのだ。

すなわち、そこに思考は存在しない。

クローンは違法ではないが、優生と同等の才能を持つ可能性を考慮し、研究所は誘拐などを恐れて表沙汰（おもてざた）にしなかったのかもしれない。小池という母の姓を与えられた理由も、優生との関係を表向きは隠すためのように思えた。

では、優生はなぜ航にクローンの存在を教えなかったのだろう。父自身が己の醜さを知らせたくなかったから……か？

「研究所から出たことは？」

考え込めば冷静さを欠いてしまいそうで、航は腕組みをしたまま質問を変えた。

「今回が初めてだ。だが、外界に関してはさまざまな学習をした。クローンは僕一人しかいなかったが、研究所には研究者の子供たちが学ぶための保育所がある。幼い頃は彼らと交流を持ち、同年代の思考パターンを学んだ。学校には行っていないが、ネットでの学習は可能だった。また、多くの研究者が僕の質問に答えてくれた」

淡々とした口ぶりで語るところをみると、彼はあまり自分のことを話したくないのかもしれない。

「逃げてきたのか？」

「当然だ。処分をされる前に無事にここに来られたのは、運が良かった」

彼は肩を竦めて、溶けた氷で薄まってしまったコーヒーを一口だけ飲んだ。

おそらく、航に会うことが父の命令なのだろう。

「それでは、これで」

不意に海里が立ち上がったので、航は眉を顰めた。

「これでって、どこに行くんだ？」

「どこって、研究所に戻るんだ」

「戻る？」

そういえば、彼はお別れをするために来たと言っていた。

「クローンである以上、僕はこの世に存在してはいけない。法案の通過を待って処分されることになっていた」

「な」

クローンの処分といえば、臓器移植に使うか実験用の献体となるか、安楽死か……どう考えたって死ぬだけだ。

このクローンは、死という概念を知っているのだろうか。

さすがに狼狽（うろた）える航に、海里はにこりと笑った。

「大丈夫、思い残すことはない。一生会えないと思っていた息子に会えた。僕は幸せだ」

航は慄然（りつぜん）とした。

何だよ、それは。

もし海里の言い分が本当ならば、彼はこの世の中のことを殆ど何も知らずに死ぬのだ。

そんなことは不公平ではないのか。

断腸の思いで優生を看取ったのに、父と同じ顔をしたこの男は、これから死ぬのだと平気で告げる。

あまりにも身勝手すぎやしないか。

航の気持ちをこんなふうに掻き乱しておきながら、幸福だったと笑われても、怒りが込み上げてくるだけだ。

「ありがとう、航」

それだけを言い残した海里が身を翻したので、航は無意識のうちに口を開いていた。

「待てよ」

どうして引き留めてしまったのか、自分でもわからない。

だけど、呼び止めてしまった以上は、彼を留め置く理由がいる。

……そうだ。

「どうかしたのか？」

「朝飯くらい一緒に食っても、罰は当たらないだろ」

「……いいの？」

そこだけ言葉遣いが緩いものになり、らくりと胸が疼いた。

「嫌なら誘わない」

「さっきの女性が作ったのか？」

「あいつはそんなことをしないし、これから俺が作るんだ」

「……そうか」

笑った。

やわらかで儚げな海里の笑みは、優生のものそっくりだ。

その表情に視線を奪われかけ、航は慌てて目を伏せた。

ダイニングキッチンに向かう航の後ろから、ごく自然に海里がついてくる。

一緒に来るなというのも面倒なので「そこに座って」と木製の椅子（いす）を指すと、彼は言われたとおりにそれを後ろに引いて腰を下ろす。

テーブルクロスは使っていないので、無垢のテーブルに直接ランチョンマットを敷いてあった。

海里は最初は頬杖を突いていたが、すぐにやめて、あたりを物珍しげに見回す。

「なに、そんなに珍しい?」

「僕の暮らした研究所は、もっとシンプルで無駄がない」

「無駄があって悪かったな」

「無駄は、人生に必要なものだ。なければいいというわけではない」

「時々無意味に理屈っぽいところなんて、父さんにそっくりだな」

そう呟いてしまってから、馬鹿なことを言ったと思い直す。

この男は父のクローンだ。

脳にいたるまでが同一なのだから、思考パターンが似ていてもおかしくはなかった。

航はトースターにパンを放り込み、お気に入りのコーヒー豆を電動ミルで挽く。そうしていると、海里が「いい匂い」と目を細めた。

「あ、しまった。マーガリンしかないな。それでもいいか?」

このところ買い物に行かずに閉じこもっていたので、常備しているつもりが欠けているものも多かった。

「それでいい」

「しかもブルーベリージャムが切れてる」

舌打ちする航に、海里は「構わないよ」と答える。

「……そう。助かるよ」

素っ気なく反応をしつつも、航は失望を覚えていた。

優生はいつも、トーストにはブルーベリージャムとバターを塗った。その一つを切らしていると、子供っぽいことにかなり機嫌が悪くなったものだ。

似ているといっても、この人は優生じゃない。

そう考えた航は落胆するだけではなく、少しばかりほっとする。

父との共通点が多すぎると、押し殺していた気持ちが溢れてしまいそうで――困る。

それは、上手くいけばとっくに葬り去れているはずのものだったからだ。

「食おうぜ」

「うん」

頷いて食卓についた海里は、マーガリンを塗りつけたトーストを齧る。少し咀嚼してから、彼はすまなそうな顔になって航を見上げた。

「あの」

「ん？」

「蜂蜜か何かないか？　美味しいが、その……」

腰砕け気味に物足りないとつけ足され、胸が疼く。

自分の考えを訂正しなくてはいけない。

似ているところも似ていないところも両方あるけれど、総じてこの人は父親に近すぎるのだ。

蜂蜜のプラスチック製の容器を出してから、塗りやすいようにナイフも添える。すると、彼は嬉しげに蜂蜜をチューブから絞りだした。

今度は勢いよくトーストに齧りつき、あっという間にぺろりと食べてしまう。

「ご馳走様、美味しかった」

手を合わせて食事を終える海里の声が、さっきとは打って変わって弾んでいる。

何となく、本来の彼の姿が垣間見えるように思えた。

「……なあ」

「なあに？」

「本当に研究所に戻るのか」

「当然だ」

さも当たり前のように頷かれて、航の胸はずきずきと痛んだ。

こいつは、優生じゃない。

処分されるべき道具だ。

でも、だからって、何の咎もないのに殺されてもいいのだろうか。

父親と同じ顔をして、同じように微笑むのに。

そして航はそれを傍観することを、自分でも許せるだろうか。

それは海里にとって仕方のない、避けようのない運命だったと受け容れられるのか。

——無理、だ。

確かに航は運命に抗おうとするタイプではないが、この件のみは例外だ。

彼の二度目の死を、自分には見過ごせない。

「しばらく、うちにいろよ」

「——え」

航の提案に、ワンテンポ置いてから海里が顔を上げる。

「どういう意味だ?」

「日本語、わかるだろ。気が済む程度に、うちに泊まってけばいい」

自分で期限を区切るのは嫌だったので、とりあえずそう言っておく。

常識があれば一日、二日で出ていくだろう。

そのあとのことは、また考え直せばいい。

「その申し出は有り難いが、君に迷惑をかけるだろう」

たかだかクローンがどんな迷惑をかけるのか、疑問だった。

「父さんの話、もう少し聞いてみたい。家ではあまり仕事の話、しなかったし……」

「仕事に関しては機密事項が多い」

「それくらいわかってる。仕事中の態度とか話せる範囲でいいんだ」

優生の生前の姿を知りたいという欲望に抗えず、航はそう提案してしまう。

「その判断をする権限は、僕にはない」

「自分の頭で判断しろよ、少しくらい」

「――努力してみる」

彼が優生と違うのだと実感できれば、航だって気が済む。

海里が処分されても、何も知らなかったこととして忘れられるだろう。


食後、海里はソファの端っこにちょこんと腰を下ろし、小さな庭にやって来た雀(すずめ)を眺めている。

先ほどの会話から薄々予想はしていたものの、海里は父と同じで甘党のようだ。コーヒーもブラックだと一口しか手を着けず、ミルクを出すと喜んでどぼどぼと注いでいた。

父よりも逞(たくま)しくありたいと、可愛いイメージのある甘いものを避けてきた航とは正反対だ。

「あんたさ、逃げてきて、何かしたいことがないの？」

海里の存在にものの二時間ほどで慣れてしまい、航の口ぶりはひどくぞんざいになっていた。

「航に会いたかった」

「だから、それ以外」

優生と同じ顔でそう言うのは、反則だ。

そもそも、それは命令でしかないとわかっているのに、胸が疼いて仕方がないじゃないか。

「ない」

「どうして。外の世界を見たいとかそういうのないわけ？」

聞いておいてもその願いを叶えてやるつもりはない。

単純な好奇心だ。

もし航が二十三年間も研究所の中で暮らしてきたのであれば、我慢なんてできない。

「それは……」

困ったように口籠もり、海里は航を上目遣いに見上げた。

「外の知識を教わってないとか？」

「資料はかなり見た。研究所の庭を散策することも可能だった」

「それでも、本物じゃない」

航が畳みかけると、相手は戸惑いを露わにする。

「樹木は本物だった」

「そうだけど、作為的に作られた庭じゃないか」

「日本において、自然の山々も多かれ少なかれ手が入れられている」

研究所は幼い頃に見学させてもらったことがある。確かに広大な庭園が整備されていたが、それだって、毎日散策していれば飽き飽きするだろう。

「とにかく、そういう願望はないほうがいい」

好奇心は否定はしないが、航に会うというタスクが優先されるわけか。

「クローン人間は、ヒトに迷惑をかけないという前提で教育される」

「それはわかっている」

「僕が欲望を持つことは、ヒトに迷惑をかける行為だ。自分での判断というのも同様だ。それゆえに禁じられている」

「……父さんがそんなことを言ったのか？」

「クローン人間用の教育ソフトを、毎日見せられた」

そんなことを刷り込まれて生活していれば、嫌気が差しそうだ。

しかし、その結果として作られた人格が羊のように従順で、逆らうことを知らないようにできているのだから、そら恐ろしいものがある。

「なるほど。じゃあ、父さんは何も教えてくれなかったのか？」

「航のこと」

海里はそこでほんのりと微笑んだ。

そのやわらかくて儚げな表情が父のものと同じなので、つい、胸が騒ぐ。

「俺？」

そう認識したせいで、掠れた声になった。

「僕の行動と思考の基本原理は、航への好意だ」

「……は？」

意味がわからない。

「航が好きだ。それ以外は何も、ない」

口調は穏やかだったが、逆に畳みかけられているような気分になって航はばつが悪くなった。

嘘か本当かわからずに、航は相手をじっと見つめる。

「もしかして、それが父さんの教育とやらの成果なわけ？」

「そうだ。息子を愛さない父はいない。優生は僕に、航を好きになるようにと言った。僕はそれも大事だと思ったので、そのとおりにしてきた。毎日、優生に航のことを聞いた。だから、優生と君が最後に食べたのがエビのカレーで、最後に一緒に出かけたのが郊外のショッピングモールなのは知っている」

優生は恐ろしく歪んだ教育を海里に施してきたようで、航は申し訳なさすら覚えてしまう。

そして、ふと、妙なことに気づいた。

「……ん？」

「何か？」

「どうせ臓器を使うだけなら、そんな刷り込みをする必要はないはずだ」

「僕に自分で考える機能はない」

「ああ、そうか。なら、臓器へのいい影響があると思ったのかもしれないな」

航は突き放した口ぶりで吐き捨てた。

これ以上海里に質問をするのは意味がないだろう。

海里には自分の意思というものがないのは自明だった。

あるいは、意思はあっても行動に移す機能はない。

「とにかく、そう簡単に好きとか言わないでくれ」

「理由を知りたい」

「困るんだ」

端的に返答し、航はそれきり口を噤んだ。

不用意に好きとか言われるのが、一番困る。つられて航の気持ちまで明るみに出てしまいかねないからだ。

誰にも隠してきたこの気持ちを暴かれるのが、何よりも嫌だった。

それを避けるには、本当だったら彼を放り出すのがいいはずだ。

でも、そうしたら海里には行き場所がない。日本人ならば当然持っているはずのＩＤカードもないし、クローンとして登録されているのは調べればわかるし、ＤＮＡ以外にもクローン人間を判定する技術は確立されている。一人にしたらいずれは捕まって、処分されてしまうだろう。

海里側の事情を聞いてしまった以上、さすがにそれでは寝覚めが悪い。そもそも、原因を作ったのは優生なのだから、せめて一日、二日は気の済むようにさせてやりたい。

いや、海里がここにいることを受け容れたのは、航の好意を命令として受け止めた結果としか思えなかった。

海里には、自分の意思などないのだから。

2

「航（こう）！　航！」

帰宅したばかりの優生（ゆうき）に呼ばれて、ダイニングテーブルを勉強机代わりにして宿題に取り組んでいた航は顔を上げる。

小学生だって、宿題はたっぷりある。

仕事を家に持ち帰らない方針の優生と違って、航は忙しいのだ。

何しろ、小学校の宿題というのは多い。家政婦さんが来てくれるといっても航だって家事をしなくちゃいけないので、その合間を縫って勉強をしている。

「なに」

「テレビ見ようよ」

戸口に立って小首を傾げた優生に軽い口ぶりで誘われて、航は脱力しそうになった。

「テレビって……録画しておけばいいじゃん」

だいたい、普通の父親なら宿題を優先させるはずだ。

しかし、優生は違った。

三日間研究所に缶詰になって論文を書いていたので、その間、家政婦さんに航の面倒を任せたことを反省しているらしい。

その埋め合わせとして、親子の交流の時間を持ちたいと企画しているらしかった。

長年父と二人で暮らしているので、父の考えることもある程度ならばシミュレートできる。

「でもこのアニメ、父さんが子供の頃に見てとても感動したんだよ。一緒に見ない？」

澄んだ茶色の瞳で見つめられて、航はため息をついた。

わざと乱暴にノートを閉じると、ぶすっとした顔を作った。

午後八時五十九分。

九時からならば、もうすぐ始まる。さっさと彼の隣に座らないと、間に合わない。

「父さん、わがまま」

悪態をつく航の反応など気にせず、優生は「ごめんね」とちっとも悪びれない涼しい顔で言った。

優生は、それからテレビのリモコンを握り締めてスイッチを入れる。

ＣＭのあとに、アニメが始まった。

二人でリビングの革張りのソファに腰を下ろして、画面を見つめる。優生は前のめりでクッションを抱き締めており、航はだらんと寄りかかってテレビを眺めている。

どう考えても、明らかに優生のほうがわくわくしているらしい。

「もしかして、珍しく早く帰ってきたのって……このせい？」

「え？　わかる？」

「わかるよ」

今時テレビの番組なんて録画するか、ネットレンタルか、オンデマンドか……とにかく、こんなふうに時間を待ち受けなくたってどうにでもなる。

最先端の研究をしているくせにどこかでアナクロな父親は、こういうふうにして『家族の団欒』の真似ごとをしたくなる瞬間があるらしい。

映画が始まると優生は、それに没頭した。会話なんてものはなく、ＣＭのあいだもじっと画面を見つめ、微動だにしない。

まずいことに、内容は主人公と仲間の絆を描いた感動ものらしい。

航としては優生がいつ泣くか、悲しみが限界を超えて自分にしがみついてくるか、そればかりが気になってしまって映画に集中できない。

ホント、どっちが子供なんだか。

航はちらりと優生の横顔を伺う。

端正すぎる面差し。鼻筋は通り、顎は尖っている。睫毛は長くて色白で、滅多に日焼けなんてしない。親子で海に行ったときは日焼け止めを忘れて腕も顔も真っ赤になってしまい、航は薬局に走ってどうすればいいのか必死で聞いたものだ。

顔は綺麗で頭もいいのに、生活能力がない。子供っぽくて優しくて、独りよがりでわがまま。

いいところもあれば悪いところもある、航にとっては大事な父だ。

その父はサブキャラクターが身を挺(てい)して主人公を救うシーンにはぼろぼろと涙を流し、航が差し出したティッシュペーパーを何枚も消費した。

航にしがみついて啜(すす)り泣く父のせいで、もちろん、航に集中できるわけがない。

映画が終わると、優生は立ち直るまでにそれなりに時間がかかったものの、目許と鼻の頭を真っ赤にして、「航、どうだった?」と何食わぬ様子を装って聞いてきた。

「どうって……あそこで普通諦めると思うよ。根性あるね」

「僕だったら諦めないなあ。やれることを全部やらないと気が済まない。そういう不屈なところも含めて、好きなんだよね」

顔立ちは優しいくせにやけに諦めの悪い父らしい台詞(せりふ)で、航はくすりと笑う。

「女の子可愛(かわい)かったよね」

「……うん」

父さんの横顔に見惚(みほ)れて画面に集中できなかったと言おうと思って、やめた。二次元と三次元を比べるのは意味がないし、そう言うと優生が困るのがわかったからだ。

「あんまり好みじゃなかった？」

小首を傾げる優生は、子供の航から見ても稚（いとけな）い。

「俺、二次元より三次元がいいよ」

「好きなアイドルとかいるの？」

「いない。普通のアイドルとかより父さんのほうが綺麗じゃん」

拗（す）ねた口ぶりでつい言ってしまうと、優生は一瞬目を瞠（みは）ったあと、唇を綻（ほころ）ばせた。

「ありがと。航はすごく男前だよ。冴子（さえこ）さんに似て、本当に格好いい」

「格好いいなんて言うと、天国の母さんにぶっ飛ばされるよ」

「うん」

優生は困ったように首を傾げ、そして手を伸ばして航の頭をぽんぽんと叩くように撫でた。

そんなふうにされると触れたくなってしまって——困る。

まるで透明水彩で描いたみたいに、綺麗で儚げな優生にずっと触れたいと思ってしまう。

子供心にも、困るんだ……。


「航。食事の支度をしたいのだが」

突然、呼びかけられて、パソコンに向かっていた航は顔を上げる。

いや、正確に言うとパソコンに向かって目を閉じていた、だろう。

いつの間にかうたた寝してしまった。

「夕飯？　父さんが？」

そう聞いてから、やっと現実に引き戻される。

こいつは優生じゃない。

昼間やって来た異端者で、航の生活を掻き乱すやつだ。

「ごめん、父さんじゃなくて、海里（かいり）」

その名前を呼ぶのは、ひどく違和感があった。

「どちらでもいいよ。…食べるだろう？」

クローン人間についてあれこれ調べているうちに、夕方になっていたようだ。

ここ最近の食事は冷凍食品かコンビニ弁当で済ませていたが、今日は海里がいる。

「いいよ、俺がやる」

「一般的な料理の作成は可能だ。時間はたくさんあったので、研究所でもかなり自習をしていた」

自炊じゃないのか、と彼が選んだ言葉に航は内心で突っ込みを入れる。

「……そう」

優生は甘党だったが比較的美食家でもあり、料理は科学だという信念の持ち主でもあった。

まずいものは食べたくないと主張し、そういうときは食事をしなかった。おかげで航は必要以上に料理が上手くなったし、優生自身もそれなりの腕前だった。

だめだ――すべての記憶が、優生に繋がってしまう……。

それもこれも、突然現れた海里のせいだ。

もう感情には何もかも整理がついて、あとはこの悲しみと喪失感を忘れるだけで、航なりの喪の儀式は終わるはずだったのに、何もかも台無しだ。

「材料はどうする?」

「あるもので十分だ。エプロンを借りる」

そういえばみずきが冷蔵庫に何か入れていてくれたな、とようやく思い出した。

ともあれ海里を一人にしておくのが不安だったので、航は椅子を引いて彼が料理をする後ろ姿を眺める。包丁や皿の在りかは把握したらしく動きは比較的スムーズで、その背中を見つめているだけで時間が過ぎていた。

ややあって何やらいい匂いが漂ってくる。生姜と醤油の匂いからして、生姜焼きだろう。冷蔵庫のチルド室には豚肉があったはずだ。

「できた」

彼はどことなく得意げにそう言うと、ランチョンマットの上に白い皿を載せる。

細身の躰には航のエプロンは大きいらしく、丈の短いカフェエプロンの紐は、だらりと余っている。

「生姜焼きか。旨そうだな」

「うん」

はにかんだような笑みを見せられて、心臓がきゅっと跳ね上がる気がした。

忙しい優生が料理を振る舞ってくれた回数は、そう多くはなかった。けれども、彼が台所に立つと何か美味しいものが食べられるという期待感で胸がいっぱいになったものだ。

千切りのキャベツは繊細だし、味噌汁もそれらしい香りがする。

箸やら何やらを出すために立ち上がったところで、唐突に、電話が鳴った。

航は携帯電話を使っているし、優生も同様だった。もう固定電話は必要ないのだが、何となくやめられずに契約を続けていた。

「はい」

コードレスホンなので、それを手にしたまま何気なく椅子に戻る。

『研究所でお父さんの同僚だった笹岡です。航くんですか？』

低い張りのある声で笹岡と名乗られて、でっぷり太った男の姿がすぐ脳裏に浮かぶ。葬式にも来てくれた優生の同僚で、あまり好きなタイプではなかった。

唇が分厚くて、カリカチュアには描きやすそうだなと思ったっけ……。

そんなことを考えつつ、航は半ば反射的に常套句を返していた。

「ええ。父の葬儀にお越しくださってありがとうございました」

『もう落ち着いたかい』

航の口ぶりを聞いた途端に、相手の口調がぞんざいなものになる。

「なんとか」

『――じつはね。ちょっと君に、聞きたいことがあるんだ』

一拍置いての改まった口調に嫌な予感がしてきたが、それを表に出さない理性は持ち合わせている。

「はい」

『お父上のクローン人間の話は知っているか』

「クローン……ですか？　父の？」

かろうじて、航は怪訝な声を出すのに成功した。

海里がここに来ていなければ、もっとリアルに戸惑いを表出した返答ができただろう。

ぴくりと海里の肩が揺れるのを、航は視界の端で捉えていた。

『そうなんだ。私も小耳に挟んだだけなんだが』

「……知りません」

『そうか、悪かったね、変なことを言って』

航の嘘をあっさり信じたらしく、笹岡はどこか安堵(あんど)した様子だった。

彼と話してみれば、この先海里がどうなるかはわかるのではないか。

ばれないようにしながら、もう少し話を聞いてみたい。

「待ってください。父にクローンがいたんですか？」

航は慎重に言葉を選び、相手から情報を引き出そうと試みる。

対する海里は緊張しているらしく、背筋をぴんと伸ばしたきり何も言わなかった。

『まあ…そういう主張をするものがいたんだが、君が聞いていないのであれば間違いだろう。煩わせてすまなかったね』

明らかに話を切り上げにかかっている以上は、食い下がることは難しかった。

わざわざ様子を見るための電話をしてくれたことに対して礼を言うと、適当な挨拶をしてから受話器を充電器に戻す。

席に着く前に背後から視線を感じて振り返ったところ、海里がじっと自分を見ていた。

「なに？」

「嘘はよくない」

自分の行き先がばれたことで緊張しているのかと思いきや、海里が気にしていたのはもっと別のことだった。

「あのなあ……仕方ないだろ。本当のことを言えば、あんたは処分されるんだ」

呆（あき）れたように言うと、海里は目を伏せた。

「庇ってくれたのは感謝している。だけど、子供に嘘をつかせるなんて心外だ」

「あんた、規格外の存在のくせに変なところで常識人だな。俺は子供じゃないし、嘘をつくときとつかないときは、判断くらいついてるよ。ところ構わず嘘をつくほど馬鹿じゃない」

こういうときだけ子供扱いされても、困る。

航はただ、海里を守ろうとして咄嗟に最善の手を選んだだけだ。

おかげで、笹岡を知っているかと聞く気力は失せていた。

「いいから、飯にしよう。あんたのせっかくの手料理が冷めちまう」

「うん」

時すでに遅し。

今のやりとりのせいで生姜焼きは案の定冷めてしまっていたが、味がしっかりついていてなかなか美味だった。

「料理、上手いな」

「料理は優生が時々教えてくれた。ほかにやることもなかったから、一人のときに作った」

自習とは、そういう意味だったのか。

「研究所の子供たちがそれぞれ学校に行くようになると、僕はネットでの遠隔教育を受け始めた。幸い、長期入院者や海外生活者のためのカリキュラムは充実しているし……」

過去の自分自身を語っているうちに、少しだけ、海里の言葉遣いがやわらかくなってくる。

ぎくしゃくとした堅苦しさが取れ、そのぶんだけ、優生にいっそう近似していった。

「それから？」

「十になる頃から、優生の助手になれるように訓練が始まった」

「………」

航が十の頃といえば、公園や校庭を無心に駆け回っていた時分だ。航とはまったく違う子供時代を送った海里の言葉は、重くのしかかった。

「大変だったんだな」

「そうでもない。僕にはそれが普通だ。疑問に感じたことはない」

それは、海里が『普通』を知らないせいだ。航はそう言おうとして、ぐっと堪えた。

「いつか父さんの臓器になる、スペアなのに？」

我ながら意地の悪い発言だった。

「そのために、僕が存在していた」

残酷な事実を淡々と認め、海里はこくりと彼は頷いた。

その稚い仕種、優生にそっくりだ。

「父さんはどんな研究をしてたんだ？」

「人間の潜在能力を活かすためで……」

海里が長々と説明してくれたが、あいにく、一般人に易しく解説する能力はないらしい。

航にはまるでわからず、その分野で父が権威だったという報道を思い出した程度だった。

「あんたも父の都合に振り回されたわけだ」

「優生は僕をこの世に生み出して、君の存在を教えてくれた。それだけで十分だ」

「何言ってんだよ……」

「僕は、君を好きだ」

少なくともそれは、牛姜焼きを食べながら言うような台詞じゃなかった。

おかげで芸術的に細かいキャベツの千切りを食べる手が、止まってしまう。

わかっていても、心が揺れる。痛みに胸が疼く。

「これは本能だ。僕は君が好きだよ、航。こうして出会ってみてよくわかった。僕は君を愛するために生まれてきたって…」

「やめろよ！　そういうことは言うな！」

皆まで言わせずに、彼の言葉を遮ると、くしゃりと海里が顔を歪める。

「航、僕が……嫌い？」

こんなときだけ、そんな頼りない口調になるのは反則すぎる……。

「そうじゃないよ」

むしろ、好きだ。すごく。

これが亡くなった優生であるのならば、幽霊だって歓迎していたことだろう。

でも、海里は父親じゃない。どんなに似ていても、クローン人間でまったく同じ組成を持っていたとしても、海里と父は違う。

同一の個体ではない以上は、そう考えるのはごく自然だ。

「俺はあんたを父親だと思えない」

「僕は優生のコピーだ。少なくとも躰の組成については、99％以上の確率で一致するだろう」

「そういう問題じゃない」

苛立ちに、航は声を荒らげる。

「では、どういう問題だ？」

「自分で考えてみろよ。少なくとも、父さんはそういうことができた」

「それは……」

言葉を濁しつつ、淋しげに海里が目を伏せる。

その表情に胸が騒ぐ自分をどうにかしたいのに、どうにもできないというジレンマ。

胸が疼き、それはそのまま肉体の深部に作用するようで航は自分の手を握り込み、その掌（てのひら）に爪を立てた。

だめだ。

「――悪かったよ」

海里の答えはない。

「ご馳走様。片づけは俺がやるから、シャワー浴びてこいよ」

「……うん」

それ以上ここにいるのは気まずいという判断が働いたかは、不明だ。

海里はすごすごとバスルームへ向かい、ドアを閉める音が聞こえた。

父は、どうしてクローンなんて作ったんだろう。ただ臓器を利用するためなのか？

そんなことを考えつつ食洗機に食器をセットしていると、入り口で人の気配がする。

「もう、出たの……」

か、という言葉は息を呑んだせいで一緒に喉の奥に引っ込んだ。

海里が立っていた――全裸で。

「何て格好してんだよ！」

声を荒らげてから、それが別段、おかしい格好でもないことに気づいて航ははっとする。

そうだ、ただ裸ってだけじゃないか……。

とはいえ、家族であっても前を隠すくらいの配慮はするものだ。

「何か、変？」

案の定、海里は意味がわからないという様子で首を傾げている。

「裸は見せないでくれないか」

「ごめん」

慌てて彼が後ろを向いたので、今度はその肉付きの薄い背中から尻にかけての線が露わになる。

くそ、と航は心中で毒づく。

まるで拷問だ。

「使い方、わからない。タオルが、どこかもわからない」

「ああ……ごめん」

なめらかな膚。傷一つない、無垢そのものといった肉体。

落ち着け、これは優生じゃない。

顔と声が同じだけの形代なのに、己の肉体がダイレクトに反応しそうになる。

「待てよ」

「え？」

「着替え、貸すから」

「ありがとう」

彼が全裸のままでリビングに留まるので、航は激しく脈打つ心臓を叱咤しつつ自室へ向かう。なるべくサイズの小さいTシャツと未使用のボクサーパンツを持ち、それを手に部屋へ戻った。

「シャワーの使い方、教えるよ」

そう難しいものでもないが、最先端が売りの研究所にいた海里には、かえって旧式の道具は珍しいのだろう。

操作の仕方とボディソープやシャンプー類を教えると、丁重に礼を言った。

「はあ……」

洗面所と浴室は一体になっており、洗面所の扉を閉めて廊下に出た航は、脱力してその場に座り込む。

平常心でいられただろうか。

ものすごくあからさまに、欲望を感じてしまった自覚はあるが、海里は気づかなかったようだ。

彼が一種鈍くさい人間……いや、クローンで助かった……。

その点では優生にそっくりなことを、感謝しなくてはいけない。

ひどい悪夢を見ている。

航は優生を失ったことでこの歪んだ恋心を忘れられるかと思ったが、そんなことはなかった。

未だにこんなにもなまなましく、深部で欲望が脈打っている。

あと少し勢いがつけば、彼を抱いていたかもしれない。

自分は異常だ。

「畜生……」

海里は父親と同じ血肉を備えていながら、父と同一の存在ではない。なのに、惑わされてしまう。

ずっと優生を抱きたいと、思っていた。心を重ね、唇を重ね、その肉体を重ねたかった。

航は一人の男として、優生を愛していた。

無論、それは歪んだ、肉親に対しては決して抱(いだ)いてはいけない感情だ。

己の本心を、誰にも口にしたことはない。

実行しようとしたことだって、一度もない。

ただ欲望は心の中に巣食い、膨れあがり、航を苦しめていただけだ。

きっと優生は、航の思いに微塵(みじん)も気づかずに逝(い)っただろう。

それを気取らせなかっただけ、航は親孝行だったはずだ。

この欲望を告白すればすぐさま異常者のレッテルを貼られ、優生を悲しませるのをわかっていたからだ。

中学生になる前だろうか。

近親相姦(きんしんそうかん)という言葉を知ったとき、航は絶望した。

自分の欲望は狂っているのだと知ってしまったせいで。

好きだった。とても。誰よりも愛していると言えた。

航は優生の一挙一動に見惚れ、欲望を抱き、夢精したのも優生を思ってのことだった。

最初は動揺したが、あとでは開き直って自慰の道具にしてしまった。

いつしか優生を抱くことを夢に見、それゆえに暴走するのではないかと思えば不安でならなかった。

なのに、彼が愛しすぎて離れることもできない。優生の脆さを愛していたからこそ、彼を傷つけるものから、優生を守りたかった。

それほど苦心して、航は優生を欺き続けた。そのために、高校生のときから常に恋人を作り、絶やしたことがなかった。

父が亡くなったことで、航のどうしようもない満たされない恋心は自然消滅し、それで落ち着くはずだった。

なのに、どうして海里が現れたんだ……！

なぜ、こんな忌わしい生き物を作った？

父の思いが、わかるようでわからない。

ずるずるとその場に頽れ、航はフローリングの床に爪を立てた。

3

何もかも、全部夢ならいい。

忘れたいことは、すべて、夢の中で起こったできごとならば。

いや、もう覚えてない。

この泥のように苦しい夢であっても、現実よりはまだましだ。永遠に目覚めなければ、航(こう)も救われるかもしれないではないか……。

「航」

ゆさゆさと躰を揺さぶられ、現実に引き戻された航は不機嫌な顔つきで目を開ける。決して愉快ではない眠りであったとしても、まだ寝ていたかった。

「おはよ、航」

「父さん！」

視界いっぱいに広がった美貌(びぼう)を目にして驚きのあまり跳ね起きてしまってから、すぐに自分の置かれた現実を思い出す。

そうじゃない。

父は死んで、昨日、そのクローン人間が現れた。

これは、海里だ。

優生の細胞から生み出された、優生とまったく同じ組成を持ちながらも、父ではない個体。

見間違えるなんて、何度同じ過ちを繰り返せば、気が済むんだろう。

「海里……部屋、勝手に入るなよ」

「ごめんね。でも、起きなかったから」

申し訳なさそうに言われてしまうと、もう追及できない。どちらにしたって、今の自分が海里にしていることはすべて八つ当たりだ。

「朝ご飯を作った。といっても、ご飯と目玉焼きくらいだけど」

「え?」

「朝はご飯だろう?」

確信のある言葉に、航はわずかに目を瞠った。

信じられない。みずきだったら、頼んだって絶対に作ってくれないような食事だ。

航がパンでは力が出ないと言うと、みずきは「パンのほうが簡単なんだもの」と文句を言ったものだ。

そんな情報まで、優生は海里に与えていたのだろうか。

父親という存在の底知れなさに、航は何ともいえぬ心境になる。

逆にいうと、父は常に航のことを観察してくれていたのかもしれない。

航が二十代になってからはあまり会話もなく、どこか疲れているようだったのに。

顔を洗ってからダイニングへ向かうと、確かに食事の支度はきちんとできている。

ご飯に味噌汁、目玉焼き、付け合わせは昨日と同じでキャベツの千切り。ドレッシングと醤油。

航は目玉焼きは醤油派で、優生は塩胡椒派だ。海里の皿に載った目玉焼きは、すでに塩胡椒がかかっているようだった。

「自分の意思はないくせに、一般的な判断をするんだな」

つい嫌味を口にしてしまうと、エプロンを外しながら海里が振り返った。

「人は一日三食摂るものだというのは、学習してるよ。航が起きないのなら、僕が作るのが合理的だと思ったんだ」

「何だか急に言葉遣いが、変わったな」

昨日とはずいぶん、彼の纏う雰囲気が違う。

そして、言葉遣い自体が普段の優生にだいぶそっくりになっていて、胸が騒いだ。

「初対面の相手とは、対外的なモードを使用すべきだと教えられていた。だが、しばらく一緒に過ごす相手とは、優生と会話をするときのモードのほうが、互いの理解を生みやすいので切り替えるように言われていた。これは優生との会話モードだけど……いけなかった？」

ふわっとした語尾にされるとますます優生を思い出し、胸が疼く。

けれども、冷静に考えればこちらの態度のほうが話はしやすいし、航にとっても歓迎すべき事態だった。

「いや、どっちでもいいよ。あんた、どこまで父さんと記憶を共有してるんだ？」

椅子に腰を下ろした航が尋ねると、海里は「会話やメールで伝達可能な内容なら」とコンパクトに答える。

「じゃあ、俺が小学四年生の夏にどこへ行ったか覚えてる？」

「小学四年生だったら札幌(さっぽろ)だ。航、君は時計台を見てがっかりした」

意地悪なテストのつもりだったのに、あっさりと即答されて狼狽えてしまう。

「よく、知ってるな」

航の情報を優生が教えていると知っていて話を振ったのに、本当にそうしたことを覚えているのだと知ると、嬉(うれ)しいような戸惑うような、相反する感覚が生まれてくる。

「航のことを好きなら、それくらい覚えておくようにって言われた」

だからって、コンピュータでもあるまいに、即座に答えが出てくるなんてすごすぎる。

海里も、優生と同じで一種の天才なのかもしれない。

昨日の話では、彼は優生の研究を理解できても創造性はなかったと言っていた。しかし、よく考えれば天才の発想を理解できるだけでも十二分にすごいのではないだろうか。

海里を見つめたまま押し黙った航の気持ちを知ってか知らずか、彼は甘く微笑んだ。

「ご飯、食べてみて。味、どうかな」

慌てて食事を始めた航は、味噌汁のマイルドな味わいにほっと心が和（なご）むのを感じる。

「美味しいよ」

「よかった。でも、そろそろ買い出しに行かないと」

「ああ、材料がなくなるか」

そうでなくとも食料品の備蓄はあまりしていない。ネットスーパーを使えばいいのだろうが、航は自分の目で直（じか）に品物を選ぶほうが好きだった。

「じゃあ、あとで俺が行くよ」

「いいの？」

「当たり前だろ。あんたが出てったら騒ぎになる」

「うん」

さすがに近隣の住民は父の姿を知っているから、年齢が違うとはいえ、何かしら感づく人もいるかもしれない。ここで海里が人前に姿を現すのは危険だった。

午後になって買い物に出ると、スーパーマーケットの前の自転車を整理していた中年女性が「あら」と顔を上げた。

「こんにちは」

「航くん、買い物？」

見ればわかることを聞かれたものの、気軽なコミュニケーションは大切だ。生前、優生は多忙だったが、近隣とのつき合いには気を配っていた。もしかしたら彼は、自分がいなくなったあとにも航をこうして気にかけてくれる人たちがいるよう、願っていたのかもしれない。それは、考えすぎだろうか。

「はい」

「よかった、やっと外に出る気になったのねえ」

「ええ」

近所に暮らす彼女はこのスーパーにおいてパートタイマーで働いている。どうせネットスーパーに配達を頼んでも彼女が持ってきてくれるので、よけいな仕事を頼んでは申し訳ないという気持ちもあった。

「もう一か月くらいになるの？」

配慮とぞんざいさが入り混じった口調に、彼女の苦渋を知る。だからこそ、殊更落ち込んだ様子を見せるつもりはなかった。

「はい、月末には四十九日です」

葬儀は無宗教の家族葬だったし、特に法要は行わない。しかし、区切りとしてその日付だけは覚えていた。

「そう」

彼女はほっとしたような悲しそうな、そんな複雑な顔になる。

「何か精のつくものを食べるといいわよ」

「そうします」

航は頷き、やっと店内に足を踏み入れた。

メニューは優生のよく作ってくれた甘いカレーにしよう。あれならきっと海里も好きなはずだし、カレーは航にとっても好物だ。ただ、辛くないと物足りないだけで。

カレーの中にポーチドエッグを二つ入れるのが、松永(まつなが)家での贅沢だった。幼い頃、父の作ってくれるカレーの中に卵が二つ入っていると嬉しくなったものだ。

忘れたいのに、何もかもが、優生との思い出に繋がってしまう。

まだ、すべてはなまなましいと実感させられる。

買い物を済ませてから、郵便局へ行こうと思い立った。そうすると書店にも寄りたくなるし、銀行にも用事がある。

尤(もっと)も、サンダルを突っかけただけでは、広範囲を歩くのは不向きだった。それに、こんなに食材の荷物を抱えていては疲れるばかりだ。

もう今更どうしようもなく、航は重くなった二つの袋はまるで罰ゲームだと思いつつ、用事を済ませていく。

おかげで、海里に一時間で戻ると言ってあったのに、二時間以上かかってしまった。袋の一つをポーチに置き、苦労しながらドアを開ける。

「！」

その途端、ぎょっとした航は玄関に立ち尽くした。

上がり口に、所在なげに海里が座り込んでいたからだ。

「海里、あんた何やって……」

膝を抱える海里は、目線を動かして航を上目遣いに見つめる。

海里は蒼褪め、頼りなげな表情できゅっと手を握り締めた。今にも航に縋りつきたいのを堪えているという、感じで。

「よかった、帰ってきて」

心なし、か細い声は震えているみたいだ。

優生はこんな顔、したのだろうか。

違うと思いたかったけれど、なぜだろう、もう思い出せない。

「そりゃ帰ってくるよ、ここが俺の家だし」

あえてこともなげに言い放ち、どさりと上がり框にスーパーのビニール袋を置いた。

「もう、帰らないかと思ったんだ」

海里が呟き、自分の膝に顔を埋めた。

「また明日って言って、優生は二度と戻ってこなかった。毎日、優生を待っていた。待っても、待っても、優生は来なかった……」

くぐもった細い声が、まるで針のように航の鼓膜を刺した。

泣いているのかと思ったが、彼は項垂れたまま顔を上げないので、どんな表情をしているかまではわからない。

何を言えばいいのだろう。航は迷いに目を伏せ、ぶっきらぼうに切り出した。

「俺は健康体だ」

「優生だってそう言ってた」

「――よせよ」

優生が倒れたと連絡をもらい、慌てて病院へ駆けつけたときのことを思い出したくなくて、航は強い声で言う。

あのときのことは、できれば忘れてしまいたかった。

「……ごめんなさい」

「怒ってない」

航はそう答えると、すれ違い様に海里の腕を掴んで強引に立たせる。

びっくりするほど細い腕で、その感触にどきりとした。

どこかまだ少年じみている肉体は、確かに、優生のそれとはまるで違っていた。

航がいないことでここまで怯える点といい、それは、優生とはまったく異質な反応だ。

この男は、やはり、優生になりきれてはいない。

そう思うと落胆するような、安堵するような、複雑な気持ちが混淆した。

「カ、カレーでいいか？」

後ろを向いたまま尋ねると、「うん」と少し緩んだ返答があった。

「カレー、航が好きなメニューだね」

「その言い方……海里は好きじゃないのか？」

「僕？」

戸惑ったように短く問い返され、航は疑問を口にする。

「そう。少なくとも父の好物だった。朝飯のお礼に今日は海里の好きなもの作ろうと思ったんだけど」

「僕が好きなものは、航の好きなものだ」

断言する海里の声の力強さに反応し、つい、振り返ってしまう。

海里は潤んだ目で、驚くほど真剣な顔つきで航を見つめていた。

でも、どんなに真摯なまなざしで言おうとも、それは海里の中に自然と生まれた思いではないのだ。

「そういうの、嫌なんだよ」

「え？」

「そういうの……おかしい」

躊躇いつつも、航はつい自分の本心を口にした。

己の感情をあまり表に出さない航にしては、珍しいことだった。

思えば、海里がこの家に現れたときから、平常心を見失いっ放しだ。

「おかしい？」

「俺のことばっかり優先していないで、自分の将来のことを考えろよ。あんただって一人の人間だろ！」

次第に気持ちが昂ってきて、言葉遣いが乱暴になってしまう。

「それは違うよ」

海里は静かな声で言う。

「僕はクローンだ。君たちとは違う。僕に将来なんてものはない」

「…………」

静かな諦念を突きつけられ、一線を引かれた航は怯んだ。

クローンだって人間だ。

けれども、それは躰の組成や何かの問題であって、クローンには人権も戸籍もないのだ。

だから、日本国民として戸籍を持つ人々に配られるＩＤカードがない。これがないと、役所や病院に行ったときに困るし、普段の身分証明もできなかった。

自分の存在の理由さえ失い、命すらも奪われようとしている……。

相手は人間——優生の望みどおりに動いているのに、どうしてこんなに苛々してしまうのだろう。

海里に『自分』というものがなく、観念的な『愛情』を向けられているだけだと感じてしまうためか。

そうだ、海里が自分に抱いている感情は愛ではない。

調教された結果として自分を好きだと考えているのであって、本当に愛してくれているわけじゃない。

父親として航に接すべきだという、優生の意志に従っているにすぎない。

海里の情愛は、機械的にインプットされただけの偽物だ。

優生はいったい何を考えて、自分のスペアを用意したのだろう？

そう考えると苛立ちが募った。

「クローンなんて、どうしようもないな」

「え？」

「忠誠心を刷り込まれただけの犬みたいなもんだ。ただのロボットだよ」

航が吐き捨てた瞬間、海里の顔がくしゃっと歪んだ。

「……それくらいわかってる」

「じゃあ」

「でも、仕方ない。優生がいなくなれば、僕は存在する意義を失う。どう生きたいかなんて、考えたこともなかったんだ」

「じゃあ、どうしてまだここにいる？」

「それは……」

沈黙にうんざりし、食事の支度のためにキッチンに向かう。

傷つけたのは、わかっている。でも、謝る言葉が見つからない。

心を掻き乱されている航だって、被害者なのだから。

一人きりになった航は、カレーはルーから作ることにした。

少しでも、彼に直面する時間を後回しにしたかったせいだ。

こうなったら、食事を別々に摂ったほうがいいのだろうか。

うんざりするほど気まずかったが、その事態を招いたのは航なのだ。

自分を呪いながらカレーとシンプルな野菜サラダを作り終えるまで、結局、一時間以上はかけたと思う。

もやもやする気持ちだけが膨れあがり、ちっとも、先延ばしした意味がない。

エプロンのリボンを解きながら航はリビングに向かい、入り口で「海里」と声をかける。

返事がない。

「おい、海里……」

ずかずかとリビングに足を踏み入れると、穏やかな寝息が耳に飛び込んでくる。

ふっと視線を落とすと、海里はソファに横になり、丸くなって眠っていた。

その無防備な姿態にぞくっとする。

身一つできた海里に自分の衣服を貸したため、Tシャツは大きすぎて裾がはだけ、海里の腹のあたりが露わになっている。

つい、視線がそこに釘付けになり、航はわずかに息を呑んだ。

さっきまであんなに腹を立てていたくせに、その感情は、海里の姿態にあっさりと押し流されていた。

艶めかしいくらいに、白い。上質な磁器のようななめらかな膚。

躰の奥、中枢の部分がじわりと熱くなってくる。

間違っているとは、わかっていた。

これは優生ではない。いや、優生だったらもっとまずい、と。

なのに。

ふらふらと引き寄せられるように海里に近づき、もっとよく顔を見ようと身を屈めた。

その長い睫毛。

優生と、同じ顔――。

「…………」

無意識のうちに身を屈めた航は、そのやわらかな唇に触れた瞬間に、甘美な陶酔を覚えて目を閉じた。

甘い、唇。

ずっと貪りたかった唇だ。

触れ合った薄い唇には弾力があり、海里は微かな息を零している。

生きている人間の、ぬくもり。

「！」

そのあたたかさに航はそこで我に返り、どきりとして躰を後ろに反らした。

海里は深く眠っているようで、安らかな寝息を立てている。

――キス、して……しまった……。

自分の唇をぶつけるような、風情のない刹那のキス。

だけどそれは、家族にするようなものではないのは明白だった。

今、自分はあからさまに恋情を含んだキスをしてしまったのだ。

何しているんだ、自分は……。

触れてしまった唇の味すらわからないが、未だにぴりぴりと痺れているみたいだ。

キスしたあとに自分の唇に触れ、航はそのまま立ち尽くす。

優生の死と同時に、なくしてしまえるはずの欲望だった。

消し去るべきだった感情が、まだ心の中に残っている。

それが航自身にさえも予測し得ぬかたちで暴走しかけたのを実感し、航はそら恐ろしいものを覚えた。


航が自分の父親は少し普通と違うことに気づいたのは、十の頃だ。

当時は研究所内で仲間との結びつきを深める方法が模索され、そのとき世間でブームになっていた、前世紀の社員旅行を再現する企画が実行された。

今にして思えば、くだらない試みだ。

一度だけ行われた家族同伴のそれに、優生によって航も連れていかれた。

ほかの研究員たちは家族全員で参加しており、理想的な家族というものが心底羨ましかった。

確かに学校で話をするクラスメイトたちの証言から、彼らの家庭と自分のそれがまるで違うのはわかっていた。けれども、同じ研究所に勤めているならば、松永家のような家庭はありふれたものだろうと考えていたのだ。

でも、その認識は間違っていた。

そもそも若くて美しい父親を伴っているのは航だけで、優生は研究員の中でもかなり異質だった。子供心にも、彼が浮き上がっているのを感じていた。

何しろ、優生と同世代と思われるほかの研究員たちはもっとおじさんっぽくて、加齢を感じさせた。

優生の美しさが航には誇らしい半面、かなりショックも受けた。

優生は異端だ。自分の父親だけ、何か違う匂いがすると思い知らされたからだ。

そしてその日は大広間で宴会があり、航は初めて優生の浴衣姿を見た。

航が身につけている子供用の浴衣とは、全然雰囲気が違う。お仕着せの白地に紺の模様で誰もが同じものを身につけているのに、優生は一際目を引いた。

上司や同僚に「松永くん、写真を撮ろう」と言われて肩を抱かれたり尻を撫でられたりしても、優生は淡い笑みを浮かべたまま、取り立てて拒まなかった。

やけにべたべたする職場だなあと思ったものの、そのあたりは研究所だから変わっているのかもしれない。

これが大人の言う無礼講ってやつなのかな、とさえ思った。

「あらあら、先生たちも仕方ないわねえ」

航の隣に座っていた、アシスタントの田崎という女性がため息をついた。

「あれは何をしているんですか？」

男の尻を触って何が楽しいのかと、航は真顔で聞いてしまう。

すると彼女は眉を顰め、一瞬、口籠もった。

「何ってセク……うぅん、ファンサービス？」

セクシャルハラスメントという言葉を知ったのは、そのずっとあとだ。今ならすぐに、その言葉を思いついていただろう。

美しい顔立ちの航は、とりわけ年上の連中に人気があるようだ。

それは幼心にも何となくわかり、周囲の傍若無人さにもやもやしたものを感じていた。

優生は自分のお父さんだ。

そんなに気安く触らないでほしい。けれども、この研究所の中に何かルールがあるのだとしたら、子供の立場ではそれに口を挟めなくて苛々してしまう。

優生は航のものなのに、研究所にいる限りはそうではない――。

「松永センセ、世間知らずであのとおりの美形でしょ。きついところもないし、それどころかぽやんとしていて――古島教授のお稚児さんって噂もあったくらい」

古島というのは、確か優生の指導教官だった人物だ。すでに亡くなっており、そのときは優生はものすごくへこんで一週間近く研究所に出勤しなかった。

酔っているのかぺらぺらと一方的にしゃべったあと、彼女は「いっけない」と唐突に口を噤む。

「ごめんね、今の、なし」

「はい」

航は作り笑いを浮かべて、頷いた。

いずれにしても、自分は子供だ。大人の駆け引きの意味なんて、よくわからない。

田崎は手酌で自分のおちょこに日本酒を注ぎ、それをぐっと煽った。

「でもね、航くん」

「はい？」

「お父さんのこと、守ってあげられるような大人にならないとだめよ」

「父さんを、守る……？」

実際に幼い航の目から見ても、父は浮き世離れした変人だ。しかも飛び抜けて容姿が美しいから、よけいに人目を惹くのだというのはわかっていた。

「ええと、つまりね。松永センセの研究も、先生のことも、狙ってる人がたくさんいるんだから」

彼女が意味しているのはきっともっと別のことだと思ったが、航にはあいにく埋解できない事柄だった。

とはいえ、ああやってべたべた触られることが、普通の人間にはイレギュラーな事態なのだということくらいは把握できた。それを優生が歓迎しているかいないかはわからないが、周りをはらはらさせているのかもしれない。

自分だって、胃の奥が熱い。

悔しくて、悔しくて、たまらない。

早く大人になりたい。そう考えると、こんなところで大して美味しくもない宴会料理を食べて、取り残されている自分が惨めでたまらなかった。

司会が閉会を伝えたので、航はなおも同僚たちに囲まれている優生を置いて、部屋へ戻ってしまう。

和室にはすでに布団が敷いてあったので、ごろんと横たわった。

戻ってこない優生を待つのにも焦れて、大浴場に一人きりで入って、お土産コーナーを冷やかして部屋に戻り、大して面白くもないテレビ番組を見た。

それでも優生は帰らない。

探したいけれど、研究所のメンバー以外も大勢宿泊しているこの大型旅館では無理だった。

……つまらない。

どうしてこんなところにのこのこ着いてきたのかと、航はひどく情けない気持ちになった。

結局、一人で床に就いた航のところへ優生が戻ってきたのは、午前零時を過ぎていたと思う。

「ふー……」

疲れ切った様子で優生は息を吐き出し、布団の上にへたりと座り込む。

「父さん」

「あ、ごめん、航。起こしちゃったね」

「ん」

申し訳なさそうな優生の声に、航の心は微かに疼いた。

「宴会って大変なんだね」

「僕、普段は研究室に籠もってるからね…。こういうときはいろいろな人とお話ししないとだめなんだ」

その声音から、優生もまたこの集まりを面倒くさがっているのだと把握した。

「……ふうん」

「根回しっていうんだよ。大人って面倒だよね」

優生は再びため息をついて、躰を起こした航の髪をそっと撫でる。その指先の甘い優しさに、躰の奥がぞわっと震えた。

「じゃあ、僕、お風呂入ってくるね」

「一緒に行く」

「航も？　熱いお湯に入ると目が覚めちゃわない？」

「いいよ、結構寝たもの」

「じゃあ、行こうか」

大浴場は二十四時間やっているが、そろそろ人気はなくなっている。

おそらく皆、酔い潰れて寝てしまっているのだろう。

「こういうところってお化けとか出そうだよね」

どこか気味悪そうに言う優生に、航は心底呆れてため息をついた。

「父さん、科学者のくせにそんなもの信じているの？」

「科学者だって、幽霊くらい信じるよ？　それを研究してる人だっているんだから」

そんなことを言いながらぱっと浴衣を脱いだ優生の裸体に、航は釘付けになった。

それから、いけないものを見てしまったのではないかという背徳感にすぐに目を伏せる。

うっすら輝くような、白い肢体。

お化けなんかよりもずっと、航を驚かせて胸をざわめかせるものだった。

そうか、自分の父親はこんなにも綺麗な人なんだ。

だから、さっきの女性も航にあんなことを言ったに違いない。

この人を守りたい。

ずっとそばにいたい、と。

その誓いは永遠のものとなり、航の心をきつく束縛している。

……目を覚ました航は、喉の渇きを覚えてキッチンに向かう。

あたためて食べるようにとメモを添えておいたカレーの皿は、空になっていた。

リビングでは海里が相変わらず安らかな顔でソファに横たわっていたので、タオルケットをかけてやる。

——全然、違う。

見た目はそっくりでも、何かしらの齟齬(そご)がある。そのことにはっとし、一方で落胆している己を自覚しつつ、航は落ち着かない心持ちで海里を見つめる。

4

それなりに平穏なまま、海里(かいり)との同居生活は一週間になった。

「麦茶どうぞ」

「ありがと」

航(こう)の仕事部屋にやってきた海里は、煮出した麦茶の入ったグラスを得意そうに差し出した。

「どう？」

「うん、旨(うま)いな」

「よかった！」

お盆を両手で抱えた海里は嬉(うれ)しそうに笑い、今にも飛び跳ねそうな様子で部屋から出ていった。

その背中を見送りつつ、航は複雑な気分できんと冷えた麦茶を口に運ぶ。

美味(おい)しい。

気の済むまで一緒にいていいと言ったせいだろうか。

海里は遠慮なく腰を落ち着けてしまって出ていこうとしなかったし、出ていかせれば最後何が待っているかわかっていたので、追い出すこともできない。

そのうえ海里は、今や航の生活の一部としてものすごく馴染んでいる。

無論、航が出ていけと言えば、海里は間違いなく従うだろう。

期限を自分で決めないのは、海里にそういう機能がないからだと理解している。

そのくらいに、彼には自分の意思というものを表に出さない。意思というものはあるのだろうが、それ以上に、優生と航の意向が絶対のようだった。

日常に戻った航はプログラミングの仕事をこなしながらも、海里との距離感を測りかねていた。

実際、海里は悪いやつじゃない。

航の代わりに家事を引き受けてくれて、一度教えたことはきちんとこなしている。

邪魔にならないように気を遣い、いつも航のことを一番に考える。

何よりも、美しく儚げな容姿は航の好みそのものだった。

これで相手が普通の人間だったら、航も絆されて好意を抱いていたことだろう。

でも、海里はヒトじゃない。

航を愛するように作られた、ヒトのレプリカだ。おまけに、その個体は愛する亡父から作られている。

だからこそ、海里の存在にはジレンマを覚えてしまう。

そのうえ、年相応の欲望は募る一方で、吐き出すこともできずに持て余している。自慰は趣味ではなかったし、海里がいるのでプライバシーはないに等しい。

欲望の昇華のためだけにみずきとよりを戻すのは不実で、非現実的だ。現に今、彼女とは連絡すら取っていない。

でも、この凶暴な衝動をどこかに逃がさなくては、破滅が訪れそうだ。

冗談抜きで、優生と同じ顔をした男を相手に過ちを犯してしまいそうで、自分で自分が恐ろしい。

唐突に玄関のベルが鳴り、航は欠伸(あくび)をしながら玄関へ向かう。

「はーい」

一度間違えて海里が出てしまって近所の人をひどく驚かせてしまったので、何があっても航が応対すると言い含めていた。

どうせ他人のそら似か、あるいは親戚(しんせき)が弔問に訪れたと思われるだろうが、万一に備えてのことだ。

もう一度、忙(せわ)しなくベルが鳴る。

こんなにせっかちなんて、宅配便業者だろうか？

「はい」

面倒なのでモニタを確かめずにドアを開けると、でっぷりと太った人影が先に見えた。

そこに立っていた背広姿の男は、明らかに見覚えがある人物だった。

「笹岡(ささおか)……さん？」

「ええ」

にこりと笹岡は笑う。

口先だけの、心の籠(こ)もっていない笑みだった。

優生と同じ研究所に勤めている研究者。このあいだ、クローンのことで電話をくれたのも彼だ。すっかりそのことを忘れかけていただけに、笹岡の出現は航に動揺をもたらした。

「お父様のお葬式以来だね。久しぶりだ」

「こんなところまで、どうしたんですか？」

胸がざわめく。

笹岡がやって来る理由は、一つしか思い当たらなかったからだ。

「回収に来たんだよ」

「回収？」

素知らぬ顔をしてとぼけてみようと思ったが、彼は肩を竦(すく)めるばかりだった。

「ここに松永(まつなが)くんのクローン……小池(こいけ)海里がいることはわかっているんだ」

例のねっとりとした口調が、今日はますます鼻につく。

「………」

「申し訳ないねえ。君の父上に似ていて情も湧(わ)いたかもしれないが、所詮(しょせん)、あれは研究所の持ち物なんだよ」

「ちょっと待ってください」

　あれ、という呼び方に反発を覚え、航は相手を睨(にら)んだ。

「何のことかわかりません」

「とぼけても無駄だよ、航くん。三軒先に住んでいる古屋(ふるや)さんだったね。あの方に聞いたところだ」

　古屋は仲睦(なかむつ)まじい老夫婦だ。このあいだ、引きこもる航を心配して老婦人が煮物を持ってきてくれて、海里と鉢合わせになってしまった。心臓発作を起こすのではないかというほどの狼狽(ろうばい)ぶりには心配していたが、まさか笹岡に口を割るとは思ってもみなかった。

「君たちには最後の時間くらい与えてあげようと思って、私なりに一週間ほどサービスをしてみたんだよ。だが、そろそろいいだろう？」

「………」

　どうやら、笹岡はあの電話の時点で海里の行き先に気づいていたようだ。

「海里のことは私が丁重に保護しよう――君のお父上だと思って、ね。ずうっと大事にするから、航くんは心配しなくていい」

妙に癇(かん)に障る口調が気になり、航は表情を曇(くも)らせる。

さりげなく視線をやると、男の巨体越しに道路に停車した大型の白いバンが止まっていた。車の窓にはフィルムが貼ってあり、中は見えない。だが、ここまで大きな車で来るのだから、きっと仲間は複数いるはずだ。

彼らを置いて笹岡一人で来たのは、近所の人に悪評を立てまいというなけなしの配慮だろうか。

「あれは今や違法のクローンで、君の家族じゃない。研究所の所有物なんだ」

クローンは違法という言葉に、胸が苦しくなる。

正直にいえば、海里と一緒にいても複雑な気分になるだけだ。

なのに、彼が死んでほしいとかいなくなってほしいとか、そういうふうには到底思えないのだ。

「彼は自分を父の親戚だと言っていました」

「海里が嘘(うそ)をつくわけがない。そんな機能はないからね」

「でも……」

やはり笹岡は海里のことをよく知っているのだとわかり、航はひやりとした。

けれども、一度ついた嘘は貫かなくてはいけない。

「俺にはよくわかりません。何が何だか……」

「そう言うだろうと思ってね、これを持ってきたよ」

笹岡は薄笑いを浮かべたまま、航に細長い茶封筒を差し出した。

表にはＤＮＡ鑑定で有名な病院の名前が書かれている。

「これは？」

「小池海里と松永くんのＤＮＡ鑑定の結果だ。二人は99％以上――限りなく１００％に近い確率で、同じ細胞から成り立っている」

書類を開くと、一般人向けの平易な言葉で真っ先に結論が書かれていた。

――鑑定の結果、この二人のＤＮＡは99％以上の確率で同一のものと思われます。従って、ＡとＢのいずれかがクローン人間であることは間違いがありません。

何となく受け容れてきたことが、急に、リアルな重みを持って押し寄せてくる。

間違いようもなく、海里は優生のクローンなのだ……。

どうすればいい？

ここで海里を引き渡すのは簡単だ。航にとっても一番楽な選択肢だった。

けれども、心情的には違う。

海里が航の知らないところで野垂れ死ぬならともかく、この先の命運を知っていて、あえて引導を渡すことになるのは寝覚めが悪すぎる。

倫理とか、ルールとか、そんなものは関係ない。

航の心が、それを嫌だと訴えている。

ならば、海里をどうしたい？

黙り込んだ航は、頭の中で自分自身にそう問いかける。

いいや、迷うまでもないじゃないか。

海里を死なせたくないなら、結論は一つしかない。

「わかりました。ちょっと待ってもらえますか」

「どうして」

笹岡が訝しげな顔になった。

「あいつ、昼寝中で……暑いからって裸で寝るんです。支度をさせないと」

「そうか」

「それに、父の形見の一つでも持たせてやりたいんです」

「何かあるのかい？」

時間稼ぎのための嘘だったが、笹岡の表情がぱっと輝く。

「ええ」

「それなら、ここで待っていよう。手短に頼むよ」

航は彼を玄関に残したまま、急ぎ足でリビングに向かう。案の定、海里は不安げな顔でソファの前で立ち尽くしていた。

薄く開いたドアから、今のやりとりが聞こえていたのだろう。

海里の服装は半袖のコットンシャツにチノパンツというごく当たり前の格好で、航もポロシャツにデニムだ。このまま外に出ても、取り立てて問題はない。

「逃げるぞ」

身を屈めた航は、海里に耳打ちする。

「え？」

「聞こえなかったのか。逃げるって言ったんだ」

「聞こえたよ。でも、何で」

航は手短に告げた。

「研究所の回収班が来た。笹岡先生、知ってるだろ？」

「うん」

地震に備えて中型のスポーツバッグを非常持ち出し袋にしていたので、自分の着替えや当座の金などは入っている。そこから重い水と食料だけ抜くと、航は代わりに財布とスマートフォン、それから通帳などの貴重品を突っ込んだ。

「だらだらしてると怪しまれる。急いで」

「靴は？」

「こっちだ」

災害に備えて寝室に靴を置いておく癖をつけておいて、よかった。海里は外出できない代わりに庭にしょっちゅう出るので、彼のスニーカーはリビングの窓の外に置いてあった。

「まだかい、航くん」

苛立ったように、玄関口から笹岡が呼ぶ。

「ちょっと待っててください。おい、海里！　早く起きろよ」

わざとらしく声を張り上げた航は海里の背中を軽く叩くと、リビングの大きな窓から外へ出るよう促した。

ぼうぼうに雑草が茂った庭伝いに、隣の家に入り込む。雑草に比べて、生け垣のほうが低くて助かった。そのうえ草がカモフラージュになり、航たちの動きは門からはまったく見えなかったようだ。

庭伝いに二軒先の家まで移動すると、生け垣を飛び降りて大通りに出る。

何食わぬ顔でたまたま通りかかったタクシーを拾い、手を上げて堂々と乗り込んだ。

最寄りの私鉄駅ではなく、少し離れたＪＲ駅を指定する。

「……ごめん、航」

人心地ついて黒いビニール張りのシートに躰を埋めると、海里がすまなそうに謝ってきた。

「あんたのせいじゃない」

「僕のせいだ」

「違う。父さんのせいだ。だから、もう、この話はなしだ」

航が強引に話を打ち切ると、海里は黙り込む。それきり静かになるかと思ったものの、ややあって珍しく自分から口を開いた。

「――君には好かれてないと思っていた」

肯定も否定もしなかった。

自分でもよくわからないけれど、躰が勝手に動いてしまったのだ。

諦めの早い、あっさりした航にしては珍しい行動だった。

海里のことを好きか嫌いか、そんなことはわからない。

でも、今は失いたくない。

大好きな父と同じ顔をした人を、憎めるわけがない。ましてや、たとえ偽物であっても、もう一度死なせたいとは思えなかったのだ。

「そんな相手と、いつまでも一つ屋根の下にいられるほど忍耐強くない」

スマートフォンの住所録を眺めながら、航は誰に声をかけるべきかを悩み続けた。

ホテルや旅館を取ることを考えたが、どこまで研究所が手を回すかは未知数だ。それに、最近働いていなかったので金銭的にも厳しいものがある。

クレジットカードはなるべくなら使いたくないし、行き先はなかなか決まらなかった。

「迷惑かけてるね」

ぼそりと呟いた海里は、申し訳なさそうな顔をしている。

彼が眩しそうに目を瞬かせたので、航はスポーツバッグに突っ込んであった彼のサングラスを渡す。それからスマホにもう一度視線を落とそうとして、淋しげな海里のたたずまいに気づき、口を開いた。

「気にしなくていい。少し集中したいんだ。怒ってるわけじゃないよ」

父とゆかりのところへ行けば捕まる可能性が高くなったし、土地勘のある場所だったら簡単に調べられてしまいそうだ。

とはいえ、彼らは警察ではないのだから、駅や街頭に設置された監視カメラまでは使えないはずだ。何らかのコネクションがあって警察に依頼できたとしても、今すぐというわけにはいかないだろう。

時間稼ぎは可能だった。

都会に紛れることも考えたが、人の目が増えれば見つかる可能性も増える。

「……よし」

住所録を睨んでいるうちに、こいつしかいないという相手が見つかった。

野田は大学のときのクラスメイトだった縁で、一般教養から専門教育科目までさまざまな科目を一緒に学んだ。今は実家のある小田原の近くでIT会社を経営している。業種が同じで時々航と仕事を融通し合っているので、連絡もまめに取っていた。たいてい、平日のこの時間は自宅で仕事をしているはずだ。

緊張しつつもSNSから『今、いる？』とメッセージを送信してみると、『ん？』と即座に返事があった。

——困ったことになった。

——困ったこと？

以降はチャット状態になる。

——じつは逃げてる最中なんだ。会って相談したい。

逃げていることをばらすのは賭けだったが、野田のことは信頼していた。

——逃げるって、納期？　警察？

二つを並べるのはどうかと思うような直截な問いだったが、それもまた野田らしい飛躍だ。

画面を見ながら苦笑した航は、先回りして情報を与える。

——警察とかやくざは関係ないんだ。でも、ちょっとまずい。

——会うのはいいよ。これから小田原に来れる？　俺が行こうか？

——いや、連れと一時間半で着く。時間は平気？

——了解、駅で待ってる。東海道線なら改札一つだから、そこで。

感情の見えない文字情報だけでは、実際に彼がどう思ったかはわからない。

けれども、今は、野田に頼るほかかない。

鍵を開けたままの家が気になるが、どうせ盗まれて困るような財産はいっさいないのだしと開き直ることにした。

電車に乗るあいだ、海里の表情はさすがに沈鬱だった。急に逃げ出すことになって疲れているのかもしれないと、航もそっとしておくことにした。やがて電車のアナウンスが駅名を告げたので、航は海里に「下りよう」と促す。

「うん」

駅の改札口を抜けると、それぞれの乗客が目指す方角に向かう中、流水に逆らう杭のようにぽつんと野田が立っていた。

彼は航を見て、人懐っこく笑って片手を挙げる。

仕事場から直行してきたのか、前も後ろも派手なカラフルなTシャツにハーフパンツというカジュアルすぎる格好だった。サーフィン好きな彼らしく、全身真っ黒に日焼けしていて、零れた歯だけが白い。

「よ」

「ごめん、忙しいのに」

「ホント。納期直前だから、手短に頼むよ」

「どこか入ってもいいか？」

「そりゃ、立ち話はこっちも無理だよ」

駅裏のカフェに引っ張り込まれ、航は帽子を目深に被った海里を紹介した。

「海里。——友達の野田だ」

オレンジ色のテーブルに、三つのアイスコーヒーを並べる。少しエアコンが効きすぎて寒かったので、海里に薄地のパーカーを貸してやった。

海里が航のサイズのパーカーを着ると袖が余ってしまい、きっちりと折り上げる。その様子も可愛いと思っているのだから、我ながら重症だった。

「で、なんだよ、航。逃げてきたって」

「言葉どおりだよ。厄介なことになって」

ちらと視線を向けると、海里はいたたまれない顔でストローを咥えている。

「厄介って、警察沙汰じゃないって言ってたよな。借金？」

「やくざも違うって言っただろ」

「じゃあ、言ってみろよ。納期がやばくて脱走中とか？」

人懐こく笑った彼の表情に促され、航は「わけは言えない」と告げる。

最早、この時点で野田を巻き込んでしまっている。

クローンを匿うことがどのような罪になるのかは、現時点ではわからない。だから、あまり多くの情報を与えるのは気が引けた。

航なりの決意を読み取ったらしく、野田は海里を一瞥し、そして納得顔で頷いた。

「わかった。彼がわけありなんだな」

「……うん」

それだけしか言えない航に、野田は肩を竦める。

「で、手助けしてほしいってことだろ」

「そうなんだ……はっきり言えなくて悪いけど、こいつを隠しておきたい。何か方法がある
か、一緒に考えてほしいんだ」

「しばらく匿えるような場所なら、心当たりがあるよ」

信じられないことを、野田はさらっと告げた。

あまりのことに驚き、顔を跳ね上げてしまう。

「本当か⁉」

「うん。親のリゾートマンション。今は誰も住んでない。大磯だから東にちょっと戻るけど、
近いことには近いだろ。このあたりはあんまり防犯カメラないし、車を使って下道から行け
ばいい」

ホテルや短期賃貸マンションの潜伏は考えたものの、リゾートマンションとは盲点だった。

「普段全然使ってないのに、鍵、持ってきててよかったよ」

「用意がいいな」

「何か、虫の知らせってやつだな。ただ、最近中を見てないから相当汚いかもしれない」

ほっとする航に、野田は笑む。

「掃除くらいするよ。水が使えると有り難いけど……」

「それは平気だ。水道もガスも電気も使えるし、途中で食料を買い出ししてから行けば、何とかなると思う」

「……悪い。ありがとう」

「ありがとうございます」

航が礼を言ったので、海里は初めて口を開いた。

それを聞いて、野田は物言いたげに目を細める。

「気にするなよ。友達だろ」

彼が無邪気に破顔したので、よけいに申し訳ない気分になってしまう。

「足がないと移動に不便な場所なのが玉に瑕(きず)なんだよな。……よし、行こう」

「タクシーで？」

「いや、うちの車を裏のパーキングに停(と)めてある。行こう」

何から何まで用意周到だった。

駅前のパーキングに停まっていた野田の車は、真っ赤なワンボックスタイプの軽自動車だった。

「これでサーフィンに行くのか？」

「サーフィンは自転車。うち、真鶴だから海まで五分ないし。車はあんまり使わないんだ」

具体的な地名を挙げられてもよくわからずに、適当に頷く。

航は助手席に、海里は後部座席にそれぞれ乗り込んだのを確認し、野田は慎重に車を発進させた。

カーナビはついていないので、タブレットをナビ代わりにしているようだ。

「買い出しは途中で寄れるところがある」

「助かるよ」

道中で大型のスーパーマーケットに寄ると、そうした店が初めての海里は一見してすぐに顔を輝かせた。

目がきらきらして、見るからに生き生きしている。

「早く済ませろよ」

「ゆっくりしたっていいんじゃないか？　楽しんでるみたいだし」

海里はカラフルなパッケージをうっとりと見つめている。

「目立ちたくない」

「あ、そっか。なんか掃き溜めに鶴って感じの美形だもんな」

野田がからかうように言ったので、航の心はよけいに騒いだ。

「おまえとは美男美女……じゃないか。美形同士でやばいくらいに目立つな」

「よせよ」

照れ臭くなってしまって、目を伏せる。

海里は売り場を一つ一つ丹念に見たそうだったが、そんな時間はない。手早く一週間ほどは持ちそうな量の食材を買い込み、現金で支払った。

リゾートマンションに向かう道中、話題は仕事のことばかりだった。そういう日常の会話を繰り広げていると、かなり気が紛れる。

海里はそのあいだ黙りこくっていたものの、真っ暗な海や沿道の風景を観察していて退屈はしていない様子だった。

「ここだ」

大磯の海沿いに建築された大型のリゾートマンションは、言われたとおりに古びていた。前世紀のバブルの時代に建てられ、修繕費の問題で取り壊しもできずにそのままになっているのだという。住んでいる人、貸している人、放っておいている人の中では最後のパターンが一番多いそうだ。

当初は野田の両親も実家を引き払ってここで暮らしていたが、買い物などで不便になってしまったし、今は野田と同居しているとの話だった。

いずれ野田が使うかもしれないと最低限の家具は残してあるが、野田には魅力的には映らないようだ。塩漬けのまま売るに売れず、何もかもがそのままだった。

「掃除機とかは自分でかけてもらっていいかな。それくらいは置いてあるんで」

「もちろんだよ」

古いとはいっても、雨風が凌げるならば問題はない。

たっぷりと買い込んできた食料のビニール袋を手分けして持ち、人気のないエントランスホールの突き当たりにあるエレベータに乗り込んだ。

三階のフロアは人気がなく、あちこちに埃が溜まっている。一番奥のドアを開けると、籠もった空気の匂いがした。

明るい色合いの家具を揃えた部屋で、南国を意識したらしく、壁にかけられた絵は鮮やかな海を描いた水彩画だ。

会ったことはないが、陽気な野田の両親に相応しい明るさが満ちる部屋だった。

「家具、ちゃんとあるんだな」

「そりゃ、住めるようにしてあるしさ」

ベッドルームと和室、リビングダイニングを備えた2LDKで、家具はソファにローテーブル、ベッドなどの最低限のものは残されている。

食器やタオル、シーツの類いはあるそうで、足りないものを探すほうが難しそうだ。

床はフローリングで、濃い色味の木材が部屋のベージュの壁紙とよく合っている。尤（もっと）も、経年のためか壁紙はだいぶ黄ばんで糊（のり）が浮いていた。

ラタンで統一された家具は全体的にリゾート調で、居心地はよさそうだ。

ここならプライバシーは確保できるし、しばらく籠もるには十分だった。

おまけに、窓からは海が見える。遮光カーテンを開けてみると、夜の海は月明かりを冴（さ）え冴（ざ）えと映すだけだったが、窓を開ければ波音も聞こえてきた。

海里はこつんと額（ひたい）を窓に押しつけて、食い入るように外を眺めている。

「すごいな……」

「気に入ったか？」

後ろに立った野田に問われ、航は大きく頷いた。

「当たり前だよ。ありがとう！」

勢い込んで礼を言う航に、野田は「よせよ」と肩を竦める。

「おまえ、いっつもクールだから、そういう感情表現は新鮮だな」

「………」

からかうように言われて、さすがにこの反応は自分のキャラじゃなかっただろうかと、航は顔を赤らめた。

「じゃ、帰るよ」

「え、もう？」

「納期前って言っただろ」

「あ……ごめん。ありがとう」

改めて大きく頭を下げると、一歩退いていた海里も頭を下げる。

二人のシンクロした動きを目にして、野田は小さく笑った。

「どういたしまして」

玄関まで野田を見送りに行くと、スニーカーを履いた彼が振り返った。

「……親父(おやじ)さんに似てるな」

ぼそりと野田が呟いたので、航ははっとして姿勢を正した。

葬式にも駆けつけてくれたので、きっと、本当は海里の正体に気づいていたのだろう。

だが、知らないふりをしてくれていたに違いない。

「うん」

「何があったかわからないけど、気をつけろよ」

「ありがと」

「おまえ、さっきからお礼言い過ぎ。将来、利息つけて返してもらうから気にすんな」

冗談めかした野田の物言いに、やけに胸が詰まった。

水平線の向こうに太陽が少しずつ見え、朝陽の気配に海が煌めいている。

「わあ……」

そう言ったきり、海里は絶句する。

「もっと近づいたらどうだ？　せっかくの海なんだし」

「うん！」

昨晩、どうしても浜辺を散歩したいという海里を説得しかねて、早朝ならいいと言うと、彼は四時に起きて待っていた。

さすがにそれでは早すぎる。

二度寝をしてから、欠伸をしながら浜辺に来た。

リゾートマンションや廃業したホテルが建ち並ぶ海岸線は、どこかゴーストタウンのようで不気味だった。

航の許しを得たせいで、海里は重い砂を跳ね上げながら波打ち際に走っていく。

けれども、今度は近づきすぎだ。

「おい、海里。それくらいがいい。あんまり波打ち際に近づくなよ」

「何で？」

「何でって、そこ、濡れてるだろ。ってことはそこまで波が……」

波は想像以上に近くまで寄せてくるからだと言おうとしたが、もう遅かった。

「わ、わ、わっ」

波に襲われた海里は踊るように跳びはねたが、波を避けることはできない。

言わんこっちゃない、と航はため息をつく。

海里は寄せてきた波を読み間違えて足許（あしもと）をずぶ濡れにしてしまっている。そして、もう仕方ないと腹を括（くく）ったのか、チノパンを膝（ひざ）までたくし上げると、そのまま海にばしゃばしゃと入っていった。

「おい、溺（おぼ）れるって。おまえ、泳げるのか？」

このあたりは離岸流とかそういうのは平気だったろうか。

海里が海に引きずり込まれて溺れてしまっては、元も子もない。

「ううん、まさか。ここまでにしておくよ」

膝まで海に浸かった海里は、手を大きく伸ばして眩しげに太陽を見上げる。陸地にいる航からは、薄い背中だけが強調されて見えた。

「しょっぱいね！」

「当たり前だろ」

赤い舌を少しだけ出して、海里が海水を舐（な）めている。

「波って、ハワイのほうから来てるんだよね」

「そうなのか？」

「うん。そこで生まれた波が、あちこちに広がって最後に日本に届くんだって。嘘か本当かわからないけど、ハワイの人たちは、どんな気持ちでこの波に乗るのかなあ」

子供じみた発言だ。

研究所にいたくせに、ずいぶん曖昧な話を信じているものだと呆れてしまう。

相模湾から上ってくる太陽の光を燦々と浴び、海面は輝く。それを背にする海里の姿は、まるで写真にでも撮っておきたいくらいに綺麗だ。

天使の羽根でも生えているかもしれない。

もし二人で海に来ていれば優生もこんなふうに無邪気に海を楽しんだのだろうか。

自分は、優生とできなかったことを海里を通して追体験しているのだ。

頭がくらりとする。

それを強くなり始めた陽射しのせいだと勝手に結論づけて、航は海里に声をかけた。

「海里！」

「なに？」

「もう戻ろう、日に焼ける」

日焼け止めを塗ってこなかったので、色白の海里では日焼けしすぎてしまうのではないかと心配だったせいもある。

「はーい」

海里の楽しみを邪魔してしまっているのに、その反応はひどく素直だった。

「初めてだよ」

はしゃいだ声を上げながら、海里は砂浜から堤防に上がる階段に足をかける。

「ん？」

「リゾートマンションなんて初めて」

「それ以前に旅行も初めてだろ？」

「うん。海は電車の中から見たけど、こんなふうに触れるなんて思ってもみなかった」

表情を輝かせて、海里はにこりと笑った。

「山も。緑ってすごく綺麗だよね」

彼の視線の先には、燃えるような緑の大地が映っているのだろう。

そんなふうに鮮やかに笑わないでほしい。

封じ込めようと努めていた、優生への感情が甦(よみがえ)りそうになるからだ。

だからこそ、何を言えばいいのか、よく、わからなかった。

憐(あわ)れんではいけない。情けをかけてはいけない。

海里とはフラットに接しなくては、別れがつらくなるだけだ。

だけど、海を見たいというのは海里が珍しく自分の欲求を口に出したとわかっているので、それが嬉しくて。

海里の願いを叶えれば、自分の心も満たされる。

そのごくシンプルなメカニズムに、航は初めて気づいた。

海里との日常を経るごとに、その存在が自分の中で重くなっていくようだ。

「――ありがとう、航」

リゾートマンションのガラスドアを押しながら、出し抜けに、海里が告げる。

「え？」

「成り行きだけど、君と海が見られてとても嬉しい」

「――まだ、見てないものはいっぱいあるだろ」

航はぶっきらぼうに告げる。

「海と山だけじゃない。世の中にはもっと……あんたが見ておくべきものがある」

「そうなの？」

「そうだよ」

「嬉しいなあ。でも、見られる……かな？」

最後のほうは疑問のかたちで海里が言ったのに、答えられずに先を急ぐ。

相手が無言になったのが気がかりで振り返ると、海里は煌めく水面をガラス越しにじっと見つめていた。

昼食のあと、航はいつしかソファでうたた寝してしまったらしい。
目を覚ました航は、海里の姿がないのに気づいた。
――今、何時だ……？
バルコニーから入る夕陽のせいで、あたりは鮮やかなオレンジ色に染まっていた。
わずかなうたた寝のつもりが、相当長く寝てしまったみたいだ。
「海里」
慌てて起き上がった航は真っ先にキッチンに向かうが、海里の姿はない。
最初は気にも留めないいつもりでリビングのソファに戻り、テレビを点けてみた。
けれども、狭いマンションだし、居場所なんてたかが知れている。
和室に本があったし、そこで読書でもしているのだろうか。
テレビを止めて立ち上がった航は、一直線にそこへ向かった。
「海里、いるのか？」
問いながらぱんと勢いよく襖を開けてみたものの、そこにも海里はいなかった。
夕陽が作った航の影法師が、一つだけ、フローリングの上に落ちている。
なぜだかぞくりとして、航は身を震わせた。

消えてしまったのだろうか……？

人魚姫のように泡となり、海に溶けてしまったとか。

馬鹿馬鹿しいと思うような発想で本気に狼狽するあたり、航は寝惚けていたのかもしれない。

「あ」

狼狽える航は、それを打ち消すように、すさまじい勢いでバスルームのドアを開ける。

「おい、海里！」

海里が立っていた。

おまけに、彼は全裸だった。

濡れた髪をタオルで拭きながら、目を丸くして航を見つめている。

「何で、返事しないんだ！」

「……裸は…見せるなって……言われたから……」

湯のせいで仄かに桜色に上気した、なめらかな膚。

目を逸らしたいのに、逸らせない。

濡れた髪から落ちた雫が、顎を伝って落ちていく。

やばい……。

これではあまりにも、刺激が強すぎる。

「航？」

小さく首を傾げて、海里が航の顔を見上げてくる。

時々父がした、その仕種。

あるはずもない媚態めいた甘い誘惑を嗅ぎ取ってしまい、いつも困っていた。

優生にそんな意思がないのは、百も承知だ。

だからこそ、穢れた自分の心根が嫌でたまらなかった。

潤んだ目で優生に見つめられるたびに、自分はどうにかなってしまうんじゃないかと、いつも思っていた……。

「航？」

勢いに任せて摑んだ腕は、まだ湿っていた。

「まだ、濡れてる。ちゃんと拭けよ」

誤魔化すように言うと、海里は航の八つ当たりをまともに受け止めてはにかんだように笑う。

「ごめん、そこはこれからで……」

それきり海里の言葉が途切れたのは、耐えきれずに航がキスをしたからだ。

止められない。

「ン……!?」

唇を触れ合わせただけで、心臓が爆発するかと思った。

遠慮がちな触れるだけのキスの連続では我慢できず、細い顎を掴んでそのまま強引に舌をねじ込んでも、海里は拒否しなかった。

いや、海里には航のすることを拒むという発想がないのかもしれない。

もう、これ以上堪えるのは無理だ。

だから、せめて拒んでほしい。もっと強く。

そうでなくては、このまま気が変になりそうだ。

これは父と同じ物質なのに、自分はおかしい。

優生と同じ顔の男に、キスをして悦んでいるのだ。

「ふ……ぅ……」

舌で相手の口腔を掻き混ぜると、彼がぴくんと躰を動かす。

「ンン……航……」

息継ぎのあいだに、海里が喘ぐように名前を呼ぶ。

その甘ったるさに、航の欲望はいっそう膨れあがった。

同性は初めてじゃない。父を好きすぎて、どうにかなりそうで、その日限りの相手を求めたこともあったからだ。

でも、そのときだってこんなふうに気持ちよくなかった。

むしろ虚しくなり、同性であればいいわけではないと学ぶ羽目になった。

「父さん……！」

一度火が点（つ）いた劣情（れつじょう）はすぐには消えず、航は我慢できずに海里のうなじに齧（かじ）りついた。

やわらかな皮膚に歯を立てると、そこには小さな痕（あと）が点々と残った。

「航、」

ふらっと揺れた海里の躰が洗面所の壁にぶつかり、そのままずるずると頽（くずお）れていく。

航はドアを背にしているうえ、旧式の洗面台があって、海里は身動きを取れない。

なまなましい石鹸（せっけん）の匂いがする膚は肌理（きめ）が細かく、風呂上がりのせいでしっとりと湿っている。

「父さん……」

父さんと呼ぶほうがしっくり来て、航はフローリングの床に彼を組み敷いた。

海里が取り落としたバスタオルを敷くかたちになっているのも、好都合だった。

痛いくらいに、前が張り詰めている。

「何、するの……？」

怯（おび）えた様子で海里のまなざしが、泳ぐ。

「ずっと欲情してた。あんたが好きで……父さん……」

口にできなかった恋心を、今、やっと昇華できる。

そう考えると、この衝動を肯定できる気がした。

もう一度くちづけ、海里の口を塞いでしまう。

キスだけでこんなふうに昂奮するなんて、想定外の事実だった。

肉欲を恋心と同一視しては、いけないのかもしれない。

けれども——耐えられない。

「航、待って」

だめだ。そんな弱い抵抗じゃ、欲望を煽っているようにしか見えなかった。

手前勝手な理屈を心の中で並べつつ、航は自分のズボンを緩めて腿のあたりまでそれを引き下ろす。

我ながら笑ってしまうほどに激しくいきり立ったものが、姿を現した。

「…航」

怯えたような海里のまなざしを感じたそのとき、航は達していた。熱いものが弾け、海里の下腹から胸元までを汚す。

「あつい……」

その呟きを聞いた瞬間、ほんの少しばかり残っていた理性は吹き飛んだ。

「父さん……」

海里の膝を無理やり立たせると、M字に開脚させる。それから、まだ固い部分に自分のペニスを密着させた。

「だめ、だよ……」

「何で」

「だって……これ、セックスだよね……?」

確認されたところで、火の点いた心と躰は止まらなかった。

「我慢できない」

囁いた航がそこにぐっと尖端を押しつける。しかし、海里の肉体は固く閉ざされ、開く様子はなかった。

「……やだ…ッ」

海里が初めて航に逆らったことに、かえって強い昂奮が湧き起こる。

強張ったままのそこでは、無理に挿れることなどままならない。ここで諦めるべきかもしれないが、理性よりも昂った本能が、肉欲が、中断を拒んでいる。

このひとを欲しがって、暴走しかけている。

「悪かった。慣らすよ」

「ちが……」

微かに抗おうとしたのか、海里が航の肩に手をかけて押し退けようとした。だが、息子への愛しさとのあいだで葛藤しているのか、それは、抵抗らしいものにはなり得なかった。

人差し指を唾液で湿らせてから、そっと躰の中に忍ばせていく。

「うぅ……」

すぐに海里は涙声になった。

「い、痛い…」

実際に苦しいらしく、彼の目からはぽろぽろと涙が零れている。

「痛い……やだ…航、いたい…っ……」

普段ならば優生を、否、他人泣かせることなど言語道断なのに、今日は違った。透明な涙でさえも、航を煽る要因にしかならなかった。

「すごい、指……入ってく」

掠れた声で、航は呟く。

海里の内側は、想像以上にずっと火照っていて熱かった。

作りものの肉体ではないことを示しているかのように、粘膜はぬめっている。体内は体温よりも熱くて、そして、なおかつ襞と襞が緻密なように思えた。

だが、指を呑み込むといっても限界がある。

「ここまでか……」

「…もう、やめて……」

一本だけ差し入れたのにぎちぎち締めつけ、それ以上の進入を拒んでいるようだ。

どうしても欲しい。

それを諦めるつもりはない。

ここでやめたら、一生、優生を忘れられないから。

汗を浮かべながら海里の中を探っているうちに、彼が諦めたのか、次第に肉体の強張りが解(ほど)けていく。

「は…ぁ……」

おまけに、くちゅくちゅという音の合間に聞こえる海里の声は、先ほどよりも艶(つや)めいているようだ。

視線を彼の腹部に落とすと、海里もこの行為に快楽を感じかけているのか、それが勃(た)ち上がっていた。

淡い茂みが、ひどく卑猥(ひわい)なものに見える。

「中、いいの？」

「わからない……」

「気持ちよくない？」

「ん…」

それは否定できないらしく、微かな肯定が返ってくる。

そうか。海里は快楽を知っているのか。

ふとその事実に気づき、航ははっとする。

いったい誰が、海里にそれを教えたのだろう？

「今まで、どうしてたんだ？」

「え？」

「あんただって男なら、性欲くらいあるだろ。どうやって処理してた？」

事実、海里のそれはぴくぴくと脈打ち、力を漲らせている。

「父さん、教えて」

甘えるような声を出して、尖端の敏感な部分を撫でてやって会話を促す。

小ぶりの性器も父のそれと同じなのだろうかと思うと、更なる昂奮が脳を灼いた。

「や……ぁあ……」

「言えよ」

今度は強く言って、ぴんと指先でそこを弾いた。すると海里が短く声を上げて躰を跳ね上げ、唇を戦慄かせた。

「して…もらった……」

ため息のようにあえかな声。

「え？」

「最初、優生に教えてもらった……」

「自慰を?」

「うん」

か細い声で訴える海里の顔は、真っ赤だった。

同じ顔をしたもの同士で自慰に耽ったのだとしたら、それはどんなに倒錯的な構図だったのだろう。

「あんたもしたの?」

「お互い、したよ。やり方わからないと困るって言われて……」

「ここは? 尻には指、挿れた? こうやって弄ってもらった?」

我ながら意地悪な気持ちでぬちゅぬちゅと指を動かすと、海里は左右に身を捩った。

「…そんなの…、しない……」

「じゃあ、ここはまだ俺しか知らないんだ」

慎重に指を抜き差しするにつれ、海里の眉が懊悩に顰められる。

「ん…もう、嫌…やめて……」

「ごめん、無理」

ただ、罪悪感はあるからこそ、謝るほかなかった。

「は……だって……やだ、こんな……」

眉根をぎゅっと寄せて、海里は悩ましげにその波に耐えている。嫌なら押し退ければいいのにそうしないのは、彼なりの父性愛なのか。

そう思うと、ますます凶暴な熱が募る。

「ほら、二本目も余裕……」

呟きながら二本目の指を突き入れる。

慣れてきた航の指の動きに応じて、彼は短く喘ぎ始めた。

「や、やだ…や……」

嫌だと言いつつも、その声はこれまでに聞いたことのない甘さを帯びている。

「挿れていい？」

「だめっ……それは……」

「父さんにも一応、常識あったんだ」

からかってやると、海里はよけいに反応した。

「だって、僕は……君と……」

「遺伝子的には親子だ。でも俺は、父親をずっと犯したかった。あんたをこうしたかったんだ……父さん」

露悪的に笑った航は、再び力を持ち始めたものを海里に示した。ゆっくりとそれを扱いてみせてから、小さな窄みに押しつける。

「やだ」

再び苦しげに海里が訴えたけれど、頓着（とんちゃく）するつもりはなかった。

今はもう、沸騰するような激情しかなくて。

「やだ……やだ、航……！」

ずぷっと勢いをつけて、それが呑み込まれていく。

「あうっ」

海里が耐え難いという様子で短い悲鳴を上げた。

「すごい、狭い…な…父さんの中……」

きゅううっと中の肉が航を締めつけ、絞り込んでくる。襞の蠕動（ぜんどう）すらわかるほどに、その肉は淫（みだ）らだった。

「こ、航……」

「めちゃめちゃにしていい？」

中をぐちゅぐちゅにして、航のかたちに拡（ひろ）げたい。ほかの誰も知らないこの未開の場所を自分だけのものにしたい。

「やだ……やだよ……」

声が上擦（うわず）っている。海里は口では抗うくせに、相変わらず航のなすがままだった。

「やじゃないって声、出してるくせに」

「ひあっ！」

強引に動きだすと、海里の声が上擦った。

「あ、あっ……むり、むり……だめだよ……」

「ふ……緩めて。全部挿れるから」

「できな……」

海里は泣いている。

でも、汗と涙にまみれた彼がとても綺麗で、初めて、ここに来て彼が体温を持つ生き物なのだと実感した。

「できるよ。……できないって言うなら、強引に……する」

「あうっ」

ぐぷんと音がして、恥骨が彼の肉にぶつかった。全部入ったのだとわかる。

ずっと禁じられていた、この肉体に。

強引にすると言った瞬間、海里の躰が緩んだのを感じた。

だから、こんなにきついところに挿れられたのだ。

受け容れられて、いる。

ほかでもない、父の幻に。

航はそう確信していた。

「動くよ」

「や、無理……だめ……」

切れ切れの声がかえって航の欲望を煽る。

「ん、んっ……んああ……」

無理だ。もう、止められない。

突き動かされるように腰を動かし、海里の肉体を堪能する。

狭い蜜襞（みつひだ）は航を受け容れて艶（なま）めかしく動き、やわやわと包み込む。そうかと思えば一転して激しく絞り込み、航を酔わせた。

「父さん……いい、すごく……」

凄（すさ）まじい襞の動きに煽られて、すぐに航の額には汗が滲（にじ）んだ。

「あ、あっ…航、やだ……いやだぁ……あっ」

さっきまで湯気で火照っていた海里の肉体は、汗でびっしょりと濡れている。

先に航が放った精液が膚に白くこびりつき、どこか装飾めいて見えた。

「嘘。いいくせに？」

「だって、変……おかしい……あ、あっ、なに……何で……」

「いいって言えよ」

海里の内側を抉（えぐ）りながら、航は強く促す。

「やあ……あ、あん……うごくな、だめ……だめっ」

すべてが航のなすがままでここに来た海里が、自分の意思を出すことは滅多にない。

「いいんだろ?」

「ちが……でも……わかんな……」

「言えよ」

強要されて海里が「いい」と呟いた瞬間、中の肉がぴくぴくと航を締めつけた気がした。

やっと快感を認めたのだ。

「いい……いい…どうしよ……」

「すごいな、父さんの……中……」

きつい締めつけはたまらなく心地よく、もう限界だった。

「出すよ」

「えっ……」

「俺の、出すから……父さんの、中に……」

愛する父親を、自分の種で受精させる夢を見る。

この、倒錯。

何ていう、甘すぎる背徳なんだろう。

「だめ……あ、あっ……あ……あつい……」

「父さん……!」

く、と小さく声を上げる。

みずみずしい海里の躰はあまりにも甘くて、航は彼の中にすべてを解き放って果てた。

海里が達することができなかったので、抜いてから、自分のそれより小ぶりのペニスを扱いてやる。すると、彼はややあって熱い体液を放つ。

海里にも、生殖機能はある。

そう思うと禁忌を犯している気分が込み上げ、航はもう一度自分の劣情が燃え上がるのを感じた。


「……ごめん」

航は身を起こして、さんざん蹂躙（じゅうりん）されたあとの海里を見つめる。

フローリングの床が痛かったらしく、海里は顔をしかめていた。

「これは君が優生にしたかったこと？」

海里が掠れた声で尋ねる。

「そうだ」

「ずっと？」

海里のぶつける疑問は素朴すぎて、逆に航は誤魔化すことなどできなかった。

「ああ……思春期からずっと、俺の望みはあんたを犯すことだった」

それを隠すために、航は殊更クールぶって感情を殺していたのかもしれない。

「それなら、いい」

つらそうに身を起こした海里は、拍子抜けするほどあっさり答える。

「え？」

「僕の望みは、君の願いを叶えることだ」

「………」

ここまで受け容れるのか、という驚きに航は声をなくした。

「常識的に考えるといけないことなんだろうけど……僕は君を愛してる」

愛しているという言葉が、これほど虚ろに聞こえることはない。

彼は愛という呪文を使って、かえって航の思いを空虚なものに分解してしまう。

愛しているから何でも許すというのは、単なる思考停止だ。

そもそも彼のその愛でさえ、海里の内側から内生的に発したものではないのに。

「あんた、大物だな」

どうしてだろう。

好きな相手の現し身とセックスしたことで、こんなに虚しさが込み上げてくるとは思ってもみなかった。

「どういう方法だっていい。僕が君を好きだって表現できるなら、それでいいんだよ」

返す言葉が、浮かばない。

「好きだよ、航」

やわらかに紡がれる、残酷で空疎な告白。

なのに、それが優生の――海里の声で囁(ささや)かれるというだけで躰が痺れ、理性が壊れていく。

愛する人の幻と交われるという不毛な悦びに、酔わされる。

もう、溺れるほかない。

生まれたばかりの躊躇(ちゅうちょ)も反発も、全部押し流して。

「ごめん、海里」

何に謝っているのか、航自身にもよくわからなかった。

「え？」

「また、させて……」

この歪(いびつ)な現実から逃れたいだけなのか、それとも、心底彼を求めているのか、航にはわからない。

「でも、少し疲れて」

「今度はちゃんと感じさせる。あんたのここ、舐めて、しゃぶって……溶かしてあげるよ」

航はそう言って、まだ力のない海里の性器をそっと撫で上げた。

「だから、させて、父さん」

甘ったれた声を出してやると、海里の躰から力が抜けていく。

「だめ?」

だめ押しに問うと、海里は「して」と小声で囁いた。


一度禁忌を飛び越えるスイッチが入ってしまうと、もう、止まらなかった。

タブーは破ってしまえば、抑止力としてはまったく機能しなくなってしまうのだと知った。

「海里……」

二つあるベッドのうちの一つしか使わない生活。

ひっきりなしにシーツとタオルを洗濯し、乾くまでという馬鹿げた名目でまた抱き合う。

目を覚ました航は、ぼんやりとした顔で胸の中にいる海里に触れた。

今も、海里は服を身につけていない。

あれほど喜んでいた海にも二度と行かず、海里は航のそばにい続けた。

「おはよう」

全裸のまま、海里がそう呟いてまた目を閉じようとする。

長い睫毛(まつげ)を瞬かせる彼を見ているうちに、また、劣情が込み上げてきた。

「して、いい？」

「い、けど……朝から……？」

「うん」

そうでなければ、海里をなくしてしまいそうで。

この生活は、そう長くは続かないと心のどこかでわかっているからだ。

「したいんだ」

現実から抜け出した、離脱期間。

二人は時間と時間の狭間でまどろんでいる。

「怖い夢、見たの？」

言われてみれば、さっきまで夢を見ていた気がする。

「すごいな。どうしてわかった？」

横たわった海里の頸筋を舐めると、汗の塩辛い味がする。こんなにリアルな質感を伴うのに、海里の存在は不定だ。

「不安そうだから」

「さすが父さん、だな」

父さんと言った瞬間、抱き締めた海里がぴくりと反応を示す。

けれども、航はそれを気にせずに海里にくちづける。

背徳に溺れる覚悟がないのなら、忘れる以外に道はない。

「父親らしく、たまにはしてみてよ」

「どうやって……？」

海里が困ったように首を傾げるその様は、航の中では媚態として変換されてしまう。

胸の中で煙霧のように立ち込めていた絶望は薄れ、欲望に取って代わる。

「海里のほうからしゃぶってみるとか」

「……は？」

海里が目を丸くする。

意味はわかっているだろうが、そんなことはできないとでも言いたげな反応は、やけにういういしくて可愛らしい。

「俺のこと好きなら、可愛がって」

「でも、したことない……」

「わかってる。何ごとにも初めてはあるよ」

「……そんな……」

海里は絶句したものの、黙ってしまった航が退かないことに気づいたらしい。

真っ赤になった海里は、「君はずるい」と文句をさんざん口にしたが、彼のお上品な抗議などありきたりですぐに尽きた。

結局海里は航の要求には逆らわずに、ずるずるとベッドの端のほうへ移動した。

「す、するけど……あの、見ても笑わないで？」

「笑う？」

「上手くできないよ、きっと」

「大丈夫だよ」

海里はたぶん、優生よりも器用だから。

そう言おうとして、航はその考えをあっさりと打ち消した。

航に膝を立たせてから腰を下ろした海里は身を屈め、おそるおそるペニスにキスをする。

「ッ」

それだけで、じわっと体温が上がるようだった。

父と同じ顔をした男が、自分の性器を咥えている。

たまらなくエロティックな光景だった。

「ん……む……」

あまり上手とはいえないフェラチオだったけれど、海里が咥えているという事実だけで十分だ。

あたたかな舌を懸命に押しつけて、幹に沿って顔を動かす。あるいは、口に含んで頬が窄むくらいにきつく吸い上げる。

そうしたことを自分なりに工夫しつつ、上目遣いで海里が反応を窺ってくる。頬を上気させ、目を潤ませて、その表情はたまらなくいやらしい。

好きだ。

たまらなく好きだ――誰のことが？

「え」

「やばい、もう……出る……父さんの、口に…出すよ……」

撓むほどに固く反り返った砲身が、限界を訴えている。

「俺の、呑んで……父さん」

今の疑念を打ち消すように、あえて「父さん」と呼びかける。

「ん……」

慌てたような顔になり、海里が航のペニスを中ほどまで咥える。

それが誘爆のきっかけとなり、熱いものが爆ぜた。

「ふ…んぅう……」

鼻を鳴らしながら航の体液を啜った海里は、ややあってゆるゆると顔を離す。航の性器は海里の唾液でぬらぬらと濡れ、陽射しの下で一際固くそそり立っていた。

「は……航の、濃いね……？」

「薄い濃いなんてどうしてわかるんだよ」

途端に海里は気まずそうな顔になり、それから「挿れないの？」と甘ったるい声で話題を変えた。

今の話を追及したかったが、海里が自分から誘いかけるのは初めてのことで、航は彼に乗せられてやることにした。

それだけで誤魔化されてやれるのだから、自分も相当……はまっている。

「今日は上、乗ってみる？」

「え？」

「自分で中に挿れてるところ、見たい」

「……わかった」

海里が航に背を向けて、白い尻を持ち上げる。腰を浮かせた海里が、自分の双丘に手をかけてぐっと左右に割り開いた。

微かに、色づいた割れ目まで見えるような気がしてくる。実際にはそこは仄暗い空間でしかなく、どんなに暴こうとしても一瞬しか見えてこなかった。

ひたりとそこに亀頭を押し当て、海里が一度深呼吸する。

「あ……アァ……入る……」

海里が高い声を上げて喘いだ。

「もっと、入るだろ……？」

「うん…奥、まで……来て……ッ」

腰を左右に振りながら、海里はそれを自身の一番深いところに沈めていく。

海里に、呑み込まれていく。

複雑な隘路を進んでいくたびに、彼の躰に力が籠もるのがわかる。

「は…ん……はいった……」

媚びるような甘ったるい声が、鼓膜を擽る。

「すごいな。本当に、自分で挿れられるようになったんだ……」

感極まった航が呟くと、海里の背中がかっと朱に染まったような気がした。

しろと言ったのは航だとでも考えているのだろう。

顔が見えなくても、その背中や腕に漲る力から、彼の思いが何となくわかるようになってきていた。

「航、突いて……奥、ついて」

ぴくぴくと海里の内襞が細かく震えている。

熱く蒸れた肉に包み込まれるのが、たまらなく気持ちいい。

「ねえ、父さんって前からそんなに淫乱だった？」

海里の腰を摑み、下から衝き上げるようにして彼に挑む。

「淫乱って……？」

「最初からすごく感じてる。息子を咥え込んで平気なんて、淫乱としか思えない」

自分を棚に上げて航が彼を詰り、とん、とんと規則的な律動を送り込んでやる。

「あっ、あ、あっ」

「喘いでないで、答えてよ」

「わ、かんない…も、声、だして……い……？」

体内の熱情を吐き出さないと楽になれないという様子で、海里が窮状を訴える。

「でも父さん、すごく可愛い……綺麗で、やらしくて……」

ずぶずぶと下から衝き上げると、海里の肉がいやらしいくらいに解れて航を包み込む。

ずっとこうしたかった。もう、ずっとだ。

互いの膚と膚は汗にまみれていて、触れ合うともうどちらの体液なのかわからなくなる。

「あ、ん……ん、いい……いいっ」

すっかり快感を覚えてしまった海里の声が、寝室に響く。

本当は、どちらもわかっているはずだ。

いや、航のほうがより切実に認識している。

こんなことは、もうやめなければいけない。

たとえどんな歪なものであれ、血の繋がりがあるのだから、終わりにしなければいけない。

そうわかっているのにやめられないのは、怖いからだ。

どうすれば海里と別れられるのか、その方法が見つからなくて。

このまま彼に愛着が湧いて手放せなくなったとしても、この関係は何も生み出さない。

「出すよ」

「は、あっ、出して、だして……」

促すように精液をねだる海里の動きにわけもなく劣情を煽られ、航は彼の躰を思うままに蹂躙していた。

行為のあと、海里は疲れ切った様子で目を閉じる。

「……少しは気持ちいいと思ってるのか？」

「ン……」

肯定とも否定とも取れる返事を聞かされ、航は彼の答えを待った。

だが、それきり海里は眠ってしまったようだ。

馴染んでいく肉体を愛しいと思う反面、溺れきれない。

「海……」

呼びかけた航は、ふと、その仄白い肉体に強烈なフラッシュバックを感じた。

頭が痛くなり、そっとこめかみのあたりを押さえる。

——父さん……。

研究所の社員旅行での父親の姿。

海里がこれほど早く快楽に馴染んだのは、優生も同じ資質を持っていたからではないのだろうか。

そう考えると、しっくりする。

もしかしたら、航の知らないところでほかの男に抱かれていたんじゃないのか。

考えすぎだと思っていても、航は優生の深いところを知らない。

尻を触られ、肩を抱かれてもただ困ったように笑うだけだった、美しいひと。

そう思うと、脳が灼けつくように熱くなる。

「……畜生」

そう考えると、海里のこの快楽に弱い肉体が、急に憎らしくもおぞましいものに思えてきた。

そんなものに縋る自分自身も、馬鹿馬鹿しくも愚かしい。

なのに、離れられないのだ。

5

「ご飯、お蕎麦でいい？」

台所からやって来た海里に問われ、航は「うん」と素っ気なく答える。

残暑による最後の夏ばてなのか精神的な疲労なのか、あまり食欲がない。

それとも、代わり映えしない生活に、欲望を司る本能が麻痺しかけているのかもしれなかった。

現実から目を背け、逃げていることは知っていた。

その証拠にテレビを一度も点けず、ニュースとも無縁で暮らしている。当然、スマートフォンのスイッチも入れていない。

仮に世界が滅びていたとしても、航たちは気づかなかったことだろう。

ここは現実とは違う、別の時間が流れているのだ。

現実から離脱した二人は、まるでたゆたうように夢の世界で泳いでいる。

だが、逃避は所詮、逃避でしかない。

長らく自分を苛んできた肉の飢餓が満たされると、倦怠と疲労、そして大きな疑念が航を襲った。

あのときから、自分はずっと心の片隅で海里を、そして優生を疑っている。

拾い上げるときりがない違和感の中から、海里はかつて自分以外の誰かのものだったのではないかと考えているのだ。

そして、その疑念から逃れるために快楽を求め、優生を――違う、海里を抱いている。

また、ずしりと心が重くなった。

昼となく夜となく躰を重ねる自堕落な生活も、長続きしないのはわかっている。

そろそろ食料は尽きそうだったし、何より、いくら使っていないマンションとはいえ野田に延々と借りておくわけにはいかない。

朝晩の風が次第に涼しくなり、秋の気配が濃厚になってきたことも、航を焦らせた。

仕事をしていない以上は収入だってないし、いつまでも休んでいたらクライアントとのつなぎだってなくなってしまう。

そろそろ、ここにいるのも潮時じゃないのか。

でも、行き先がない。

海里を手放せるのか？

海里を抱けば抱くほど歪んだ執着を深める、そんな自分自身への恐れも増す。

俺は、何をしているんだろう。

父を——そのレプリカを相手に、いったい何を。

「もうすぐご飯だからね」

呼びかけてくる海里の邪気のなさが、怖い。この交わりは、いや、生そのものが彼にとっては何の意味もないことのように思えて。

冷静になってはいけないとわかっているのに、心がすうっと冷えそうになる。

いっそ、終わらせてしまうべきなのだろうか。

あるはずのない答えを求めて、航はふと、鞄の中に入っていたスマートフォンを取り上げる。ここに来てからずっと電源を切っていたのだが、さすがにバッテリー切れでスイッチが入らない。

ACアダプターを差し込むと、充電を始めた。

このスマートフォンのスイッチを入れれば、もう、現実に戻らなくてはいけないとわかっていた。

だが、ほんの少しの躊躇いのあとに、航は改めて電源を入れた。

諦念が背中を押したのだ。

もう何もかもがどうでもいいという、半ば破れかぶれな感情が。

まずはメールをチェックすると、大量のDMやクライアントからのメールが届いていた。

差し迫った仕事はなかったものの、いくつかは返事をしなくてはいけない。

そして、みずきからも、昨日の日付でSNS経由のメッセージが入っていた。

――航のお父さんの研究所から連絡があったけど、今、どこにいるの？

迷ってから、航はメッセージを打つことにした。

いくら別れた彼女とはいえ、連絡があれば心配になるだろう。失踪したただの何だのと騒がれるのも困るからだ。

それにしても、みずきのところへすぐに辿り着くなんて、研究所の連中は本腰を入れているらしい。興信所でも雇ったのだろうか。

とりあえず情報を得ようと、航は考えながら文章を打ち込んだ。

――旅行中。

すぐにチャット状態になり、みずきが文章を入力しているのが画面越しにわかった。

――旅行ってどこ？

――友達の家だよ。

――野田さんのところ？

みずきとはつき合いが長いだけに、野田とも会わせたことがある。ＳＮＳで繋がっているようだが、そこまで追及するつもりはなかった。

――違うよ。

――じゃあ、どこ？

――もういいだろ。

――だって、話が
そこで通信を打ち切り、航はスマートフォンをソファの上に投げ捨てる。

何もかもに、苛立っていた。

みずきのところにまで手が及んでいるのは、想定外だった。

ここまで行方を追うほど、海里に価値があるのか。それとも、海里の知っている優生の研究が重大なものだったということか？

ふと、そんな考えが脳裏を過ぎる。

やはり自分は、優生のことを何も知らないのだ。

そもそも彼が、なぜ航に会うよう海里に言い遺したのかさえわからない。

「航、行儀悪いよ」

キッチンからやって来た海里は、投げ出されたスマートフォンを見て目を瞠った。

「面倒なことがあっただけだ」

「スマホ使うの久しぶりだね」

「ずっと電源切ってたから。バッテリーも切れてたし」

航は不機嫌に答える。

「何か、気になることでもあった？」

「え？」

「だって、連絡取りたかったんでしょう……誰かと」

「……そんなこと、ないよ」

心の中に差し込んだ諦めの影に、気づかれたのだろうか。

航は殊更明るく口を開いた。

「飯、できたのか？」

「うん」

航が立ち上がったとき、突然、スマホの呼び出し音が鳴った。

スイッチを切るのを忘れていたと思ったが、あとの祭りだった。

海里が不安そうに航を見つめ、航はソファで跳ねるスマホを見つめる。

ややあって電話を取り上げてディスプレイに表示された番号をおそるおそる見ると、誰からかはわからない。登録していない番号だった。

でも、そろそろ電話があるのなら、その主は見当がつく。

「……はい」

意を決した航が電話に出ると、『航くんだね？』と単刀直入に聞かれた。

「どちらさまですか？」

聞き覚えのある声だったが、確かめずにはいられない。

『笹岡だよ。海里の回収を任されているからね。電話、ちょうどいいタイミングで電源を入れてくれたね。助かったよ』

ねっちりとした口調で会話を引き延ばされているのはわかったので、航は苛立った。

「あなたと話すことはありません」

『君たちがどこにいるかはわかっている。その場所で、足もないのであれば、逃げようもないだろう？　諦めなさい』

言われてみれば、そのとおりだ。

だけど、それならどうしろっていうのか。

自分のことはこの手で決めたい。なのに、何もかもがままならない。

「放っておいてくれよ！」

苛立ちに任せてぶつっと電話を切った航は、刹那、海里の淡い色味の瞳を見つめる。

どうする？

潮時だというのは、知っていた。

いっそ諦めてしまいたいという気持ちも、自分の中に淀んでいる。

「航、最後にご飯、食べようよ」

「え？」

最後という言葉が引っかかり、航は海里を凝視する。

「お芋と南瓜の天ぷら作ったよ。航、好きでしょう」

「………」

それを聞いた瞬間に、堰を切ったように感情が込み上げてきた。

小さい頃から、甘い天ぷらが好きだった。海老にも穴子にも目をくれず、いつも南瓜と薩摩芋ばかりで、優生には安上がりだとからかわれた。

航がコーヒーはブラック、カレーも辛いものを食べるようになったのはこの頃からだ。

海里はそれを知っている。

海里の中には、航の存在は根強く息づいているのだ――何よりも大事なものとして。

嫌だ。

瞼の裏側が痛くなる。

こんなところで終わりにしたくない。

海里を手放したくない。

自分のために生きている相手を、どうして見捨てられるだろう。

「行こう」

決断は早かった。

「どこへ？」

「わからないけど、逃げよう」

手早く身仕度を調えて、鍵と火の元はきっちり始末をする。

荷物を片づけられないのは申し訳なかったが、ごちゃごちゃと言ってはいられない。

歩いてどこへ行けるわけでもなかったが、ヒッチハイクでもすればいい。

とにかく、逃げなければ海里は捕まってしまう。

そのまま処分されてしまうのだ。


野田に宛てた謝罪とお礼の置き手紙を残し、リゾートマンションを出て歩きだした二人だったが、ヒッチハイクしようという思惑に反して道路を走る車はまったくいなかった。

寄せては返す波の音と、防風林に留まった蟬の声が、暑さをよけいに際立たせているみたいだ。

「……くそ」

誰にともなく、航は毒づく。

「ごめんね、航」

それを聞き咎めて項垂れた海里に、航は優しい言葉などかけてやれなかった。

自分が悪いのに、素直に謝れない。

笹岡から連絡が入る前、航は諦めたのだ。

海里といることを。

だからスマホの電源を入れてしまった。

そのことを後悔しているのかいないのか、航には自分でもわからなかった。

長距離を歩くことを想定していなかったので航の靴は適当なスニーカーだし、海里も同じだ。アスファルトをとぼとぼと歩くのは、想像以上に堪えた。

それに、ひ弱な研究所育ちの海里は外で生きていけるようにはできていない。

道路沿いの歩道を歩くのにも疲れたらしく、すぐにペースが落ちてくる。

「あそこで休もう」

航はそう言って、壊れかけたバスの停留所を指さす。その前に、まだ動いている自販機でミネラルウォーターとスポーツドリンクをそれぞれ買った。

ペットボトルはきんと冷えている。

グリーンだったらしいトタン屋根は錆び、赤茶けてしまっている。破れている箇所もあり、ところどころに直射日光が落ちていた。

とはいえもうバスは来ないらしく、建物の中は砂や枯れ葉が吹き込んでいる。

「ここ、バス停は使ってないのに、自動販売機は動いてるんだね」

「自販機はある意味インフラだからかな」

半ば上の空での、会話だった。

痛んだ木製のベンチに腰を下ろし、海里は疲れた顔をして汗を拭っている。

「座る？」

「いいよ」

自分は海里の傍らに座る資格なんてないような、そんな気がした。

代わりに航は海里の前に立ち、車一台通らない道路に神経を向ける。

残暑の厳しいこの季節、炎天下を歩くなんて経験は海里にないのは明白だ。

航だって、そんなハードな運動をするのは久々だった。

「俺たち、何、してるんだろうな」

航は自嘲気味に呟く。

「逃避行……？」

「ああ、そうだ」

自信なげな海里の返答は、航の望むものではなかった。

何のために？

海里を守りたいという気持ちは、本物だ。

でも、それは海里のためなのか、優生のためなのか、わからない。

海里だって同じだろう。

航を好きだと言うけれど、その気持ちは本物なのか……？

本物だったとしても、父性愛とどう違うのだろう。

それに、海里自身に生きる意思はどれほどあるというのか。

彼はただ、自分の本体だった優生の望みに従っているにすぎない。そこに海里自身の意思があるとは、航には信じられなかった。

自分たちのあいだにある絆はＤＮＡのうえだけのもの。

恋でも愛でもないと知っているからこそ、ふと冷静になった瞬間に虚しさを感じてしまうのだ。

言葉もなく俯く海里の躰からは汗が噴き出し、不揃いに地面に落ちている。

いつになく厳しい残暑の陽射しの中、脳がどろどろと融解していくようだった。

アスファルトの上にある世界が、陽炎のようにゆらゆらと揺れている。

単調な波の音。雨だれのような蟬の声。

全身を伝い、シャツの下を流れる汗が如実に示している。

この男は、生きている。優生とは違う、と。

優生は死んだ。

すでに骨となり、もうこの地上のどこにもいないんだ。

思いを遂げるべき相手は消え失せてしまったのに、自分は何をしている……？

父と同じ肉体を持つ男を欲望のままに抱いて。

我に返ると不幸になると思っていたけれど、本当だ。

正気になるとこの異常な状態が恐ろしくなり、身の毛もよだつようだ。

もうとっくに歯車は狂っている。

海里を貪(むさぼ)り続けて、自分はいったいどこへ行くつもりなのだろう……。

重くのしかかる現実に耐(た)える覚悟も気概もなく、ただ快感を味わうばかりで。

いっそ、海里を捨ててしまえば楽になるのだろうか。

いや、それではあまりにも海里が憐(あわ)れだ。

ならば、この手で殺してしまえばいいのではないか?

海里はクローン人間だ。仮に航が殺したところで、大した罪にはならないだろう。

視線に気づいた海里が顔を上げ、そして微かに笑う。

陽に当たったせいで赤く火照っているその仄白い首を絞めれば、すべてが終わる。この馬鹿げた逃避行も、ここで終わりだ。

けれども、優生も海里もいない世界というのは航にはもう想像がつかなかった。

だとしたら、海里を殺して一緒に死ぬというのは?

心中願望なんて欠片(かけら)もなかったけれど、この先の自分の人生が航にはまったくといっていいほど想像できない。

やはり、共に死ぬのはいいのかもしれない。

緊張と昂奮に、次第に息が荒くなってきていた。

航は無言で海里に向かって手を伸ばす。

両手で、首に触れる。

細い。

魅入られるように汗ばんだ首に手を巻きつけると、海里の頸動脈に触れる。人工的な産物であってもその血管を一定の速度で血が流れているのが、よくわかった。

これで、終わりだ。全部、おしまいにする。

航の意思を感じ取ったのか、海里がふっと目を閉じる。

こんなときでも、彼は優しく微笑むのだ。

だから、一人で死なせたくない。最後の瞬間は、一人にしたくはない。

一緒に死ねれば、これ以上の幸福はないはずだ。

「…………」

それでも、力を込めるのが躊躇われる。

身動ぎをしたそのとき、慣れたメロディが場違いに鳴り響く。

尻ポケットの中で、電源を切ったはずのスマートフォンがなぜか震えている。

急に現実に引き戻された航は手を止めて、電話には出ずに通話終了のボタンを押した。

反応してはいけないとわかっていたが、そうでなければ、この男を衝動のままに殺してしまいそうだった。

この妄念を断ち切らなくては。

「――海里」

「はい」

自分を見上げた、海里の目。

その澄んだ美しい瞳には、今、航だけが映っている。

それを見た途端に、何とも言えない気持ちが迫り上がってくる。

狂おしいような、叫びたいような。

――好きだ。

海里のことを、好きだ。

まだ航は足掻いてない。もっと足掻けるはずだ。踠いて、踠いて、そのあとから諦めたっていいはずだ。

「行こう！」

自分を奮い立たせ、航は海里の腕を引く。

時間はかかるが、何とか、駅までは行けるはずだ。スマホの地図を使えば、そう難しいことではないだろう。

今度は少し、ペースを速めなくてはいけなかった。

駅までのルートはいくつかあったが、一番細くてわかりにくい農道を選んだ。

一旦スマホのスイッチを入れて、ルートを頭に叩き込んでから再び電源を切る。

田圃（たんぼ）のあいだの道で、稲刈りはまだなので夕陽を受けて田に張られた水が煌めいていた。

世間知らずな海里は用水路でさえも珍しそうに見ていたが、じっくり観察する時間はない。

舗装されているとはいえ、あちこちが傷んだ道は歩きにくく時間はかかるが、主要道路でなければ彼らは思いつかないかもしれない。

「急げるか？」

「……うん」

そろそろ海里だって踵（かかと）も痛いだろうが、気の毒だけど、立ち止まっていては追いつかれてしまう。

とにかく駅に行って、電車に乗ろう。

人に紛れてしまえば、また時間稼ぎができる。

そのあとのことは、そこから考えればいい。

「駅までは三キロくらいだから。そうしたら、一休みしよう」

「わかった」

海里を元気づけながら駅に向かって歩いていると、背後から自動車のエンジン音が聞こえてきた。慌てて路肩に寄った航の視界の端で、覚えのある白い大型のバンが急停車する。車窓にはスモークが貼られ、中はまったく見えなかった。

助手席から真っ先に下りてきたのは、笹岡だった。

「困るよ、航くん」

続けざまに運転手以外の三人の男が下りてきて、笹岡と航たち二人を取り囲む。

夕方とはいえ、残暑の厳しい時期、黒いスーツを着た男たちなんて冗談のような趣味の悪さだ。

「笹岡さん……」

海里が自分の背後で息を呑む。彼の怯えと緊張が、ひしひしと伝わってきた。

もしかしたら、海里は笹岡のことを嫌いなのかもしれない。そして、海里がそういう感情を抱くのは、優生も同じだったからではないだろうか。

「海里を渡してもらおうか、航くん」

「笹岡さんは、どうして海里にこだわるんですか？　確かに海里はクローンかもしれない。でも……」

航の説得を、笹岡は無造作に遮った。

「彼は今となっては非合法の存在だし、それに、松永くんの研究内容をよく知っているんだよ」

「それがどうしたんですか？」

「松永くんの研究内容は、我が国の軍事機密に関わるものだった。外部に漏れてはいけない大事な研究だといえば、察してもらえるのかな」

笹岡は爬虫類のような冷ややかな目で、海里を見つめている。

「……航」

それまで黙りこくっていた海里が、そっと口を開いた。

「もういいよ。ありがとう」

「は？」

「僕は目的を果たした。彼らと一緒に行くのが、いいと思う」

何を言っているんだ、今更。

海里にこれまでの逃避行を全否定されては、彼と必死で逃げ回ってきたことが水の泡じゃないか。

もちろん、さっきは妙な誘惑に駆られたのを否定できない。

でも、迷いは消えた。

「迷惑をおかけしました」

航の気持ちをよそに、海里は笹岡に向けて一歩踏み出した。

「手間をかけさせてくれたね。続きは研究所でゆっくり聞こう」

笹岡は海里の顎をぐっと摑み、強引に上を向かせる。

「――すみません」

やけに殊勝な海里の態度に、航は胸騒ぎを感じた。

「大丈夫だよ、海里。君のことは私が一生守ってあげるからね」

「………」

刹那、海里の躰がぴくりと震えた気がした。

嫌がっているんだ、と直感する。

やっぱり、嫌だ。

海里が嫌がることはさせたくなんてない。

なのに、自分が揺らいだから。迷ったから。

海里の手を離してもいいのではないかと考えたせいで、それが海里にも伝わったのではないか。おそらく、海里がスマホの電源を入れたに違いない。

でなければ、海里が航との生活を諦めるはずがない。

「嫌だ」

無意識のうちに、航はそう呟いていた。

「え?」

笹岡に連れられるままにバンに乗り込もうとしていた海里がそこで足を止め、蒼褪(あおざ)めた視線を航に向ける。

こんなラストシーンは、御免だ。

ほかの誰でもなく、海里を連れ去られるのは。

優生だったら、その優秀な頭脳をフルに回転させて状況を打開しようとするはずだ。

絶対に諦めないのが、優生の身上だった。

彼のその血は、航にも脈々と流れているはずだ。

こうなった以上、恐れるものは何もない。

だから、ここで終わらせたりしない。

「俺は嫌だ。海里、俺はあんたのことをまだよく知らない。こんなに簡単に終わらせたら、きっと一生後悔する」

知っているのは肉体の温度だけなんて、淋(さび)しすぎるじゃないか。

上っ面だけ知ったところで、何の意味もないはずだ。

「でも」

笹岡は海里の肩にぐっと力を込め、「聞かなくていい」と告げる。

「俺があんたに見せてないものは、まだまだある。終わりになんてできない」

「……やれやれ」

海里の肩を強く抱いたまま、笹岡が二人の会話に割って入る。

「松永くんの話では、君はもっと冷静沈着で聞き分けのできる子だと思ったけどね」

「こんなことになって、クールでいられるわけがないだろう！」

「航くんは意外と往生際が悪いなあ。そこまで言うなら……構わないよ。航くん、君もおいで」

想像していなかった言葉に、航は驚いた。

「航には、手出ししないでください！」

珍しく強い口調になった海里の言葉を耳にして、笹岡はにたりと笑う。顔が近づきそうなほどに間近な距離で海里を見つめ、気持ちの悪い笑みを浮かべた。

「研究所は人殺し集団ではないからね。少なくとも私はそんなことはしないよ。ただ、上層部の意向まではわからない」

「何でもするから、航だけは自由にしてあげて……」

海里の声が、不安に揺らぐ。

胸が締めつけられるような思いがした。

海里にこんな声を出させるつもりは、なかったのだ。

「それは君次第だ」

猫撫で声になった笹岡が、海里の肩から手を離す。それから、優美な顔のラインをそっと右手で辿った。

「本当に綺麗な顔だ……松永先生にそっくりだよ」

不愉快なのか、海里はつらそうな顔で目を伏せた。

「さて、どうするんだい、航くん」

「海里！」

航は海里の衿を摑んで強引に引き寄せ、自分の背中に庇う。

殴り合っても、誰にも渡さない。

そう決意し、固く拳を握り締める。

「やる気なのかい？　彼らは私が雇ったプロなんだが」

からかうような、声。

「海里は渡さない」

航は身構え、相手を真っ向から睨んだ。

「止まれ！」

緊張を破ったのは、一人の上げた怒鳴り声だった。

眉を寄せた航は、前方から猛然と疾駆する軽自動車に目を奪われた。

覚えがある赤いワンボックスタイプの軽自動車は、躊躇いなくこの集団に突っ込んでくる。

「おい、止まれ！　おい！」

一人が飛び出して制止のため両手を振ったが、軽自動車の運転手はブレーキをかける兆(きざ)しがない。車道に飛び出していた男が、焦った様子で田圃に転げ落ちた。

「よけろ！」

笹岡が声を張り上げる。運転手は警告のため派手なクラクションを鳴らすが、赤い軽自動車はどこ吹く風で真っ直(す)ぐにこちらへ向かってくる。

そうでなくとも狭い農道では、二台はすれ違えない。

慌てて全員で路肩に寄るが、白いバンだけは逃げ場がない。このままでは、五十メートルほど先の四辻までバックして曲がらなくてはいけない。

だが、軽自動車はスピードをまったく緩めずにこちらに突っ込んでくる。

このままではぶつかる……！

「くそっ」

白いバンの運転手が、車をバックさせることで軽自動車を避けようとアクセルをふかす。

その次の瞬間、バンが姿を消した。

といっても忽然(こつぜん)と消滅したわけではない。

慌ててバックしようとしたせいでバンは脱輪し、田圃に転落したのだ。

呆然(ぼうぜん)とする航に、軽自動車に乗っていた野田が窓を開けて手を振る。

我に返った航は海里の肩を摑んで前に押し出し、すぐさま赤い軽自動車に走り寄った。

狭い農道では両側のドアを開けられなかったので、先に海里を車内に押し込める。

航も乗り込もうと床に足を乗せたとき、黒服の一人が追いついてきた。

男が後部座席のドアに取りついたままの航を引き剝がそうとするので、何とか蹴りつけてからドアを開ける。

だが、今度は腰のあたりを抱えられた。

「離せ！」

「おとなしくしろ！」

「摑まれ！」

野田がそう叫ぶと、ギアをRに入れて一気に踏み込んだ。

「うわっ……」

後部座席に半分躰を突っ込んだままの航を、海里がぎゅっと抱き留める。間に合わなかった黒服はそのまま後ろ向きに倒れ、勢いで農道の端に転がっていった。

いくら自動車とはいえ、軽の馬力ではたかが知れている。

あれくらいなら、死にはしないだろう。

「よし」

呟いた野田は、四つ角のところで自動車の向きを変えると、そのまま走りだす。

脱輪したままのバンが動きだす兆しはまったくない。振り向くと、笹岡が凄まじい形相でこちらを睨んでいた。

改めてドアを閉め、呼吸を整えた航は「助かったよ」と素直に野田に告げる。

「危なかったな」

「どうして……あ、いや、ありがとう」

先に礼を言うべきだと気づき、航は慌ててそう口にする。

「道がわかった理由？　駅の方角がこっちっていうのもあるけど、おまえならこのルートを通ると思って。時間はかかるけど狭い道が多いから、初見の人ならまず来ない」

「いやそうじゃなくてさ。今、ここに来た理由だよ」

昂奮しているらしく口数の多い野田のおしゃべりを遮った。

「昨日、おまえの彼女からメールがあって……航が困ってるみたいだから助けてやってほしいって書いてあった」

あんな別れ方をしたのに、みずきが自分を助けようとしてくれたとは信じられなかった。

「そのあとすぐに、おまえの父さんが勤めてた研究所から電話があって、遠回しに海里さんのことを聞かれた。それで、なんかやばいかもって思ったんだ。どうせそろそろ買い出しにつき合うつもりだったたし、急いでマンションに行ったらおまえの置き手紙があっただろ。あとは俺の名推理ってわけだ」

「……そうか」

それで農道ルートを選ぶあたり、野田の勘の良さにはつくづく助けられる。

「この頃、クローン絡みの犯罪も増えて、取り締まりも始まりそうだから、そのせいかなって心配になって」

ずばりとクローンの話を持ち出されても、航はもう驚かなかった。

それもまた、野田の察しのよさだとわかっていたからだ。

「犯罪って？」

「何だ、ニュース見てないのか？」

「うん」

野田の話では、処分されるクローン人間が自暴自棄になり、さまざまな事件を引き起こしているらしい。IDカードを持っていないだけで普通の人間が留置場に入れられるケースもあるうえ、クローンを所有者に返さずに、クローンだとわかれば即時処分せよという強攻派も出始めているのだという。

さすがにそれは世論の反発を招き、そこから法案への批判が強まり、世論は二分されつつあるのだという。

でも、人工的な生命体として命を与えられた彼らが現状に絶望するのは当たり前だ。

クローンにだって心はあるのだから。

二人の会話を、海里は何も言わずに聞いている。

「ま、おかげで法案を見直そうって話も出てるんだ。性急すぎるし、非人道的すぎる。クローンは管理をしっかりして、今後増やさないだけでいいんじゃないかってね。幸い、処分されたクローンはまだいないらしいし……」

街灯のない農道を、野田は勝手知ったるといった様子で器用に運転していく。

「夜になる前に見つかってよかった」

「おまえに迷惑かけてるな」

「いいよ、べつに。犯罪になるようなことって言えば今のスピード違反くらいだし、映画みたいで格好良かっただろ」

野田はけろりと言って、ミラー越しに航に微笑んでみせる。

「とりあえず駅のところで俺は下りるから、この車に乗っていけよ。軽で馬力出ないのが申し訳ないけどさ」

軽い口調で言われて、渡りに船だがそれを甘んじてばかりもいられない。

「いや、待てよ。しばらく返せない。……それだけじゃなくて、返せるかもわからない」

「わかってる。出世払いでいいって」

「けど！」

航は声を張り上げる。

自分はただ、海里との爛れた日々を終わらせたくないからって逃げているだけなのに。航の原動力は、単なる性欲だ。異常な欲望でしかない。

「——嬉しかったんだ」

「何が？」

出し抜けに嬉しいと言われて、航は目を見開く。

「おまえはいつも、周りのことなんてどうでもよさそうな顔をしてて、ちっとも他人を信じていないみたいだった。俺はおまえのそういうクールさに憧れてたけど、おんなじくらいに歯痒かったよ。信頼されてないみたいで、つらかった」

「……仕事、何度も一緒にしたのに？」

悪足掻きみたいな発言だというのは、わかっていた。

「それはそれ、だろ」

「…………」

「だから、おまえが必死になって俺のところに来てくれたとき、これでやっとおまえとちゃんと友達になれた気がしたんだ」

その必死さだって、上辺だけのものだった。

現に自分は生きることを諦め、海里のことを手にかけようとした。

それを救ってくれたのは、皮肉なことに、笹岡からの電話だったのだ。

「……俺はずっとおまえと友達のつもりだったよ」

ぼそぼそと航が言うと、野田は「わかってるよ」と陽気な声で言う。

「だから、何ていうのかな……おまえを疑ってたお詫び」

野田はそう言い、車のブレーキをかける。フットブレーキを強く踏んでから、航の膝の上にぽんと車のキーを投げて寄越した。

「またな、航」

「ああ」

「海里さんも元気で」

「ありがとうございました」

細い声で海里が礼を言うのを聞くか聞かないかのうちに、ドアを開けて野田が出ていく。

助手席を下りると、ありふれた街の喧騒が一瞬、航を包んだ。

居酒屋のネオン、信号機、駅、ヘッドライト、歩行者。

つい先ほど、自分が捨て去ろうとした日常を思い出し、突然、視界がぼやけかける。

だめだ。感傷的になってはいられない。

航は野田の代わりに運転席に乗り込むと、闇の濃くなった街から去るために、アクセルを踏んだ。

「今日はここに泊まるか」

とりあえずさらに西に向かってみたけれど、行く宛てはまったくなかった。

道路沿いにいくつものラブホテルがある。ここならば、いくら回収班の連中が勤勉でも、プライバシー重視のホテルで一軒一軒探すのには骨が折れるだろう。

安くてゆっくり寝られるのなら、どんなところだってよかった。

「ホテル、いっぱいあるんだね。でも、『ご休憩』ってなに？」

「休憩は休憩だよ。ちょっと寝たいときとかあるだろ」

説明するのが面倒で、適当に誤魔化しておく。

規定の宿泊料金を支払ってから部屋へ向かうと、昔懐かしいラブホテルはなかなか凝った内装だった。

「航、お風呂あるよ」

「そりゃそうだろ」

「ワンタッチでお湯が沸くんだって。すごいなあ」

広いダブルベッドや液晶の大きなテレビはともかくとして、このホテルは風呂に金をかけているようで、見るからにこだわっているのがわかる。

「パジャマもガウンなんだね。寝心地悪そう」

「そうだな」

生返事をした航はキングサイズのベッドに身を投げ出し、じっと天井を見つめた。

逃げ続けるのを決めたけれど、このままでいいわけがない。

もっときちんと戦略を練って、海里を守ることを第一にしなくてはいけない。

そうでなければ、次こそは過ちを犯してしまいかねない。

海里を手放すという、大きな間違いを。

「航？」

ひょいと顔を覗(のぞ)かせた海里と目が合い、航は仕方なく躰を起こした。

「悪い。考えごとをしてた」

「……うん」

ベッドの端に座り、海里は「ごめんね」と言った。

「何が？」

「僕のせいで、航の友達にたくさん迷惑かけてるね」

そんなふうに謝らなくて、いい。

海里はこれまでに何度も謝ったが、悪いのはいつも自分なのだ。

「あんたのせいじゃない」

萎(しお)れたまま、航は呟く。

「――わかっていて、出たんだ」

「何が？」

「電話だよ。いや、スイッチを入れた時点で、俺は、疲れて……諦めてたんだ」

研究所は軍の研究を委託している、と言われた。そうである以上は、軍の力を借りて携帯電話の位置情報を追跡していてもおかしくはない。

軍の関与はともかく、ＧＰＳのことは頭の片隅で想定していた。それでも、諦念が航に破滅的な行動を起こさせた。

「そうだったの……？」

海里はつゆほども航を疑っていなかったのだ。その事実が、航の心を揺さぶる。海里の無辜の信頼に応えられなかったことが、つらい。

「あんたが俺を見限っても当然だ。俺は……二度も揺らいだんだ。あんたに愛される資格もない、だめな息子だ」

自嘲にそんな言葉さえ零れ落ちる。

「構わない。僕は君にとってお荷物だろうし。僕もそうしたんだ」

「わかってる。あんたにそんなことをさせた自分が許せない」

今もこうしていると、実感してしまう。

愛しいのだと。

海里が好きだ。そばにいたい。でも、そのために一介のプログラマでしかない自分に何ができる？

改めて、優生のような才能に恵まれなかった自分を恨んでしまう。

「俺は、海里を選んだんだ。父さんを選んだわけじゃない」

「どういうこと？」

小首を傾げる海里の目は、煌（きら）めいている。

「あんたはやっぱり、父さんとは違うよ。似てるようで、全然違う」

優生はとても、往生際が悪い。諦めが悪くて、粘り腰の研究者だ。

先ほどのような局面でも、全力で現実に抗っただろう。

そもそも、長く生きて航を一人にしないためにクローンを作るあたりが、優生の往生際の悪さの象徴ともいえた。

でも、海里は航のために己の儚い命すら投げ出そうとした。

根幹のところで、海里と優生はまったく違うのだと実感した。

それを知ってもなお、航は海里を助けたかった。一緒にいたかったのだ。

その理由に、もう気づいている。

さっき、やっと認めたのだ。

「僕が、優生と……？」

「似てるのは顔だけだな。中身は全然、違う」

血縁とかそういうのは関係なしに、海里の存在に常に瞳を奪われる。

この人が航に向ける感情は、義務でしかないのに。

だから、怖かった。

一方通行の思念を押しつけて、それが片想いだと知るのが。

ただ肉欲のみで繋がろうとしたのは、その不安の裏返しだった。

「俺は、あんたを好きなんだ」

「……僕を？　優生じゃなくて？」

海里はきょとんとした顔つきで、航を眺めている。

「そうだ。いくら俺でも、父親は抱けない。あんたは父親じゃない」

大きな目を瞠(みは)った海里の目に涙が浮かび、それはいきなり決壊した。

溢(あふ)れ出す、澄んだ雫(しずく)。

「海里⁉」

「うれしい……」

「え？」

拍子抜けして、航は思わず問い返してしまう。

「どうしよう……すごく……嬉しい」

海里がそんな感情表現をするのは、たぶん初めてだ。

「嬉しいって……こういうことなんだね……」

「馬鹿、何で泣くんだよ」

焦りすぎて、ついつい乱暴な口調になる。

「幸せすぎて、怖いからだよ」

海里が震え声で言った。

「たった一つのわがままのつもりで、航のところに行ったんだ。優生は自分がいなくなったあとのことなんて、何も教えてくれなかったから。ただ……」

そこで言葉を切り、海里は俯いて口を噤む。

「父さんの遺言じゃなかったのか？」

驚きのあまり、つい、責めるように尋ねてしまう。

「違う……優生が死んで、初めて僕は自分の心のままに動いたんだ」

海里にも、心はあるのか。自分で何かを決められるのか。ならば、知りたい。今、彼の心の中にどんな思いがあるのかを。

「あんたは、俺を好きなのか？」

「当たり前じゃないか」

「息子として、だろう？」

「そう思い込んでいたけど、今は違う。君と抱き合っているうちに気づいた。僕ははじめから君に恋していたって」

「恋……」

思わず航は繰り返す。

父親としてではなく、一人の個人として海里は航に焦がれていたというのか。それが事実なら、たまらなく嬉しいことだった。

「優生の語る君に、恋していた。憧れて、会いたいと思っていた。だから……迷ったよ。君のそばにいていいのかって」

好きだからそばにいるべきなのか、身を引くべきなのか。

極めて人間的な迷いともいえた。

「嬉しいよ」

「本当?」

不安げな海里に「当然だろ」と喜びを嚙み締めながら告げる。

「だったら尚更、見つけなくちゃいけない。あんたが生き延びるための手段くらい、あるだろう。頭がいいんだし、思いつかないのか?」

そうでなければ、それこそ心中とかバッドエンドしか思いつかない。

一度はそちらに心が傾きかけたものの、やはり、間違えている。

そんな終幕は絶対に御免だ。

「——藤沼さん……」

「何？　名前？」

どこの誰とも知れぬ苗字に、航は首を傾げる。

藤沼なんて名前、今までに一度も聞いたことがなかった。

「うん。藤沼誠二郎……さん」

とってつけたように、海里が敬称をプラスする。

「もし困ったことが起きて、助けてほしくなったときはそこに行けって」

「……誰だ、それ？」

まるで聞き覚えがなかった。

父の葬儀には参列していなかったはずだ。

「二十年くらい前に、研究所を辞めた優生の同僚だよ」

「研究所の……」

航は唸るように言葉を切った。

今の航にとって、研究所の人間は全員が敵と言ってもいい。

「悪い人じゃない……と、思う。優生はどうしようもなくなったらそこを頼れ、と言った」

「どうしてもっと早くそれを言わなかったんだ？」

我ながら迫力のある非難めいた声に、海里はびくっと身を竦ませる。

「だって……」

「言ってくれれば、野田にだって迷惑かけないで済んだんだ！」

また、ボルテージが上がりかけてしまう。

「――ごめんなさい」

小さな声だった。

悄然としたところを見せられると、それ以上の追及はできそうにない。

「……悪かったよ」

気を取り直した航は咳払いをし、取りなすように穏やかな顔で口を開いた。

「で、その藤沼さんってのは何だ？　どこにいるか知っているのか？」

「僕も顔は知らない……だいぶ前に辞めたって言っていたから」

「名刺とかはないよな……住所は覚えているのか？」

まさか記憶はしてないだろうと思ったが、海里はあっさり「うん」と同意した。

「航の家と藤沼さんの住所だけは、忘れちゃだめだって言われた」

「それで、どこだ？」

外国だったら困るな、と航は考える。

出国するのにもパスポートが必要だし、その取得にはＩＤカードが必要だ。ＩＤがない限りは、海里の逃げられる場所はこの狭い列島の中のみと相場が決まっている。

「輪島（わじま）」

行ったことのない地名に、一瞬、理解が遅れた。

「輪島って……もしかして、北陸？　能登（のと）半島か？」

「そう」

外国でないだけましだったものの、よもやそんなところまで行く羽目になるとは、思ってもみなかった。

電車で向かうことも考えられるが、それでは追われたときに逃げようがない。

「……仕方ないな。じゃあ、明日はそこに行ってみよう」

途端に海里は不安げな表情になる。

「行くの？　すごく遠いよ」

「父さんが頼れと言ったなら、道はあるはずだ」

最初からそう言ってくれればよかったのに。

ぼやきたくもなったが、言えなかった海里の気持ちも、少しはわかる。

そうまでして最後の瞬間を引き延ばすことに、何の意味がある？

海里はそう疑っていたに違いない。

それは航だって同じだった。

お互いに、相手の気持ちを信じられなかった。

自分にそれだけの価値があるのか揺らぎ、迷っていたからだ。

それに、その藤沼とやらに会ったところで、本当に道が開けるかはわからないのだ。

「今度はちゃんと、あんたを守る」

そっと手を伸ばして、航は彼の手を取る。

細い腕を引っ張るようにしてその手の甲に接吻（せっぷん）すると、ベッドに正座していた海里は真っ赤になった。

6

「航(こう)、何か飲む？」

助手席から声をかけられて、欠伸(あくび)を噛(か)み殺していた航は「コーヒー」と告げる。

「はい」

途中のＳＡ(サービスエリア)で買ったコーヒーを、海里(かいり)が手渡してくれた。

本当は高速走行しているので危険なのだが、この場合は致し方がない。

そうでないと、疲労していて眠気が込み上げてくる。

逃亡の果てがどこにあるかは知らないが、そろそろ終わりにしてほしい。

藤沼というのは、どんな人なのだろう。

ものすごい大金持ちになって航たちを匿(かくま)ってくれるとか、じつは有力者で何とかしてくれるとか。

そんな非現実的な空想しかできないところが、己は凡人なのだろう。

「あのさ、海里。疲れたなら寝てもいいんだよ」

「ううん。景色、見ていたいんだ」

高速道路に乗ったときから海里はずっと楽しげで、左右に首を振っては周りを見ていて、落ち着かないことこのうえない。

「見ていたいって、ただの山じゃないか」

遠出すればいつでも見られるような、代わり映えしない山々だ。

確かに海里は研究所に閉じ込められて生きていたけれど、それにしたって、夢中になりすぎている。

隣にいるくせに、彼が別のものに夢中なんて……妬いてしまえそうだ。

「航にとってはただの山だけど、僕にとってはほぼ初めて見るんだよ。とても綺麗だ」

「綺麗って、どの辺が？」

そうして言い合っていると、少しずつ眠気が覚めてくる。

一人でないというのは、すごく、いい。

そういうささやかなことからも、焼き餅を忘れて二人でいる意味を実感できた。

「緑が少しずつ違って、グラデーションになっている。陽射しが翳るとその状態でまた少し変わる。まるで化学変化しているみたいだ」

「………」

航の辞書にはない観察の方法だ。

それが新鮮でその先を求めて耳を傾けていると、海里は戸惑った様子で「何？」と聞いてきた。

「いや……すごくいいなって思って」

航は素直にそう言える。

「何が？」

「ものの、見方。海里は俺にないものを持ってるんだな」

「……たぶん」

たとえば、優生ならば、山を見てこんなことを口にしただろうか。

それはわからない。だけど、違う個体だからこそ海里の存在に意味がある。

重力に引かれるように確実に、海里に惹かれていく。

この流れを止めることのほうが間違っていて、不自由なことに思えてしまう。

だから航は、この気持ちの赴くままに行こうと決めた。

「あとで洋服買ったほうがいいよな」

「服？」

「こっちは少し肌寒いし、人の家を訪ねるのにTシャツじゃちょっと……」

どんな相手かわからない以上は、それなりに見た目を整えておいたほうがいい。

「ちゃんとした格好するの？　航のスーツ、見てみたいな」

「いや、スーツは買えないよ」

海里の口から希望形を引き出せたのが嬉しくなり、ハンドルを握り締めた航は微かに笑った。

海里がこの先何をしたいのか知りたい。二人でできることを探したかった。

関東方面から輪島までは、名古屋を回るルートと御殿場を回るルートがある。時間はどちらも大差ないのだが、距離が百キロ近く違うため、長野県を突っ切るルートを選んだ。

スマホを使えないので、ルートは途中で地図を買っておおざっぱなものを決めた。

藤沼誠二郎という男のことは、立ち寄ったＳＡで休憩がてらにＰＣを借りて検索をかけてみてもよくわからなかった。

業績は論文のデータベースに残っているが、古いものらしくて題名くらいしか判然としない。研究のうえでは、確たる成果はないのかもしれなかった。

だが、優生に思惑があるのならば、ともかく行くほかない。

「疲れたか？」

「全然」

「そっか」

いくら航が若いとはいえ、軽自動車で片道六百キロを一日で走破するのもかなりの苦行だ。

事故を起こさないように、途中のＳＡで仮眠を取った。

海里にはつらいかもしれないと思ったが、大きなＳＡでシャワーを浴びられたし、彼はこんな旅もできるのかと逆に新鮮だったらしい。

どのような小さなことでも昂奮し、発見があるというのは、すごいことだ。

むしろ、航のほうが海里によってさまざまなことを気づかされている。

そして最終的には、海里が愛しくてたまらないという結論に辿り着くのだから、かなりの重症だった。


翌朝、食事を摂ってから高速を下りて、二人でファストファッションの店を探した。

そこで二人ぶんの長袖のシャツとパンツを買って着替えた。革靴を買うのは資金的に無理だったが、服さえまともなら少しはかっちりとして見えるだろう。

「何だか学生みたいだな」

海里が白いシャツを着ると、まるで高校生みたいだ。航が指摘すると、海里は笑顔で「航はサラリーマンみたいで格好いいね」と返した。

こちらが照れてしまうほどの、真っ当な答えだ。

「北陸なんて、大学以来だな」

再び一般道を運転しながら、航は呟いた。

「行ったことがあるの？」

「うん。輪島は昔ながらの漁港で、毎朝開かれる朝市が有名なんだ」

輪島は記憶にあるよりもずっと、静かな地方都市だった。

朝市の喧騒ばかり覚えていたせいもあるのかもしれない。

自動車で走っていてもあまり人気はなく、数年前に鉄道が廃線となってますます人気が少なくなったという、ネットでの情報は正しかった。

「えーっと……ここから、奥に入るのか……」

コンビニエンスストアで道を聞くと、藤沼の住居は、だいぶ山のなかにあるようだ。

細いくねくねとした道を通り、ラジオの電波も届きにくくなったあたりで、小さな集落に入った。

昔ながらの古い農家ばかりのようだが、多くは最早無人らしく、人が住んでいる気配がない。

「なんだかちょっと不気味だね」

「海里がそういう表現を使うのは、新鮮だな」

「僕だって不気味だって思うことくらい、あるよ」

車を停めて一軒一軒表札を見ているうちに、突き当たりの小高い丘にある小さな家が目についた。

引き寄せられるように、航は早足で表札を確かめに行く。すると、敷地の境界線代わりになっている野生の樹木には確かに『藤沼』と書かれた札がぶら下がっていた。

海里の言い分を信じ、突き動かされるようにここまで来てしまったが、相手が敵なのか味方なのかは自分の目で見てみるまではわからない。

「こっちだ」

手招きして海里を呼び寄せると、航は彼に一緒に来るように告げた。

入り口から数メートル進んだところにある家は、ブザーがついている。

旧式のベルを鳴らすと、じりじりと耳障りな音を立てた。

返事はない。

もう一度。

いないのだろうか。

痺(しび)れを切らして二度、三度と立て続けに鳴らしたところで、唐突に人影がガラス戸に映り、からりと開いた。

「はい」

面倒くさそうに現れた男はくたびれたポロシャツにチノパンツという服装で、頭を掻(か)きながら出てきた。つやのない髪に無精髭(ひげ)と、かなり眠そうな様子だ。

四十代後半から五十代前半というところだろうか。

「あの……」

航は歯切れ悪く話しかけ、目前に立ち尽くす男にどんな言葉を投げかけるべきかを考える。

黙したままの男の目に生気が宿り、彼の視線が海里の顔を撫でる。

鋭い視線は、自分の心の中まで見透かすようだ。

しばらくのあいだ相手はまじまじと二人を見つめ、それから航に「松永の息子か？」とぶっきらぼうに聞いた。

「あ、はい！　松永航です」

「やっぱり。冴子さんによく似てるな」

愛想のない男は仏頂面で言い、そして、帽子を目深に被った海里に目を向ける。

「そっちは海里か」

薄々予想できていたはずなのに、言い当てられた瞬間、心臓がびくんと震えた。

「知っているんですか？」

「当然だ」

男は頷いた。

「何の用で来たかも、わかっている。こんな山奥に暮らしていても、ニュースは見ているからな」

「すみません」

「いいから、入りなさい」

まるで世捨て人のような彼の静寂を破ることに対し、謝らずにはいられなかった。

靴を脱いでスリッパを履くように勧められ、二人はそれに従った。

玄関を入ってすぐの部屋は工房か何かのようで、男は木工製品を作っていたらしい。室内は木屑でいっぱいだった。

「すごいですね」

「手先が器用なのは昔からだ。おかげで、こっちで生計を立てられてる。気楽な一人暮らしだよ」

藤沼はそこで初めて笑う。奥の部屋がリビングルームになっているらしいが、ソファはない。代わりに木製の不揃いの椅子とロッキングチェアがあった。

こちらは綺麗にしているらしく、床は木屑はほとんど落ちていない。部屋の奥では長毛種の黒い犬が眠っており、二人の訪れに反応して耳と鼻をぴくぴくと動かした。

しばらく二人をそこに待たせて、藤沼はコーヒーを淹れてきた。

「インスタントで悪いな」

「いえ、いただきます」

コーヒーを一口飲んでから、航は藤沼を見つめて口を開いた。

「どうして俺たちがここに来るってわかってたんですか？」

「優生が死に、海里が残された。おまけにあの法案だ。そうなれば、もう、結果は目に見えている。海里に何かあれば、あいつから連絡があることになっていたし、元気なのは知っていた」

「………」

そう言われても、航には話が見えてこなかった。

苦いコーヒーを飲む。

海里の前には最初からミルクが置かれており、この人は優生をよく知っているのだな、と漠然と思った。

「父が海里を作ったことを、知っていたのですか?」

「ああ。優生は君を残して死ぬのを怖がっていたからな」

海里ではなく、藤沼は航に顔を向けた。

「そんなことを父が言ったんですか?」

意外だった。

無論、父がそれを恐れていたのは知っていたが、彼が本心を他人に吐露するとは思ってもみなかったからだ。

「あんな事故で冴子さんを亡くしてしまっただろう。もともと楽天的だったあいつは、それで考えを変えたんだ。ずいぶん鬱(ふさ)ぎ込んでから、いきなり、クローンが欲しいと言い出した」

過去を懐かしむような目だった。

「俺は止めたが、相談を受けた研究所の上層部は乗り気だった。優生は天才だったし、その頭脳がもしかしたら二倍になるかもしれない。おまけに、外にばれなければ引き抜かれる可能性もない」

「………」

そんなことを平気で考えるやつらがいたのかと、航は唖然とする。

「正直言って、失望したよ。そんなにしてまで生き延びたいのかとね。でも、違った」

「違うって？」

「優生は自分が生き延びるために、他人を殺めてもいいと思うようなやつだったか？」

逆に問い返されて、航は力強く首を横に振っていた。

「いいえ。だからクローンの話を聞いて、おかしいと思っていました」

航が素直に答えると、藤沼は頷いた。

「そうだろう。優生は生きるためにクローン人間を作ったわけじゃない」

「じゃあ、どうして……」

「君を一人にしないと約束したんだろう？　その約束を守るために、自分をもう一人作ったんだ」

思わず、言葉を失った。

優生の代わり。

無条件に父の代わりをし、ひたすらに息子に愛を注ぐためのクローン。

だとすれば納得はいくが、それは、海里の前で明かされるには残酷すぎる事実だった。

なのに海里は平然とそれを聞いており、動揺する兆しもない。

「──確かに、約束は覚えてます。でも……そんなことのために、ですか？」

「そんなことをしてのけるのが、松永優生という男だ。普通の人間には思いつかないことを、平気でやってのける」

「それは父さんのエゴです。おかげで海里の人生は歪められてしまった。俺を好きになることを義務づけられて、何も選べない」

「そもそも、クローンに人権なんてものはない。それなら、海里に心なんてないほうがよかったか？」

「…………」

そう理詰めで問われてしまうと、航には答えられない。

心を与えられずに人形としてただ育てられるのと、人としての心を与えられるのと。

どちらが幸せだろう……？

「答えはきっと、誰にも出せない。それは個々の人間が判断すべきことであって、明確な結論にはなり得ないからな」

「そうですね……難しいことだと思います」

「僕は幸せだよ、航」

出し抜けに海里が口を開き、微笑みを浮かべた。

「心があるから、君と一緒にいて楽しめる。海や山を綺麗だと感じられるんだ」

「殊勝じゃないか」

藤沼がぼそりと言った。

少なくとも海里が幸せなら、それでいいことにしておこう。

そこで結論は棚上げし、航は次の質問に移った。

「藤沼さんはどうして研究所を辞めたのですか？」

「あそこがいつの間にか、研究の成果を軍事利用する方向に舵を切ったからだ。当初の理念は、人の生活を豊かにするための研究だったはずが、上層部が変わったせいで少しずつ俺の理想とずれていった。それが嫌で俺は研究所を辞めて、研究からはすっぱり足を洗った。優生もそうするかと思ったが、彼は、別の使い方ができるはずだと言って仕事をやめなかった。結局のところ、あいつはどんな研究であっても人の未来を明るくするものだと信じていたんだろうな」

「あの人らしいです」

たおやかな容姿をしていながらも、決して諦めない。

粘って、粘って、一番いい答えを探し続ける。

それこそが、航の知る父――松永優生の本質だった。

「で、君はどうしたい？」

「海里を死なせたくない」

即答だった。

「なぜ」

「なぜって……好きだからです。俺にとって大切な人だからだ」

航がてらいなくそう言うと、藤沼はわずかに黙してから、今度は海里に視線を向けた。

「海里、君は？　どんな手を使ってでも生き延びたいか？」

「――はじめは、死ぬことは怖くなかった」

一拍置いて、海里はそう言う。

そして、俯き加減に自分の意思を言葉で表現し始めた。

「僕はあくまで、自分は優生のスペアだと思っていたからです。それに疑問を感じたことは一度もありません。でも、航に会って死ぬのが怖くなった。自分の『その先』を見てみたくもなりました」

それが――海里の望みか。

「航に会うまで、知らなかった。怖いという気持ちも、不安も、迷いも……僕の人生を照らしていた優生がいなくなって何もかも終わりだと思ったのに、そうではなかった。そこから僕は、いろいろなことを知りました」

そんなことを考えながら、海里は航のそばにいたのか。

「生まれて初めて、死にたくないと思いました。航が死ねと言うのなら、僕はそれに従います。だけど、そうでないのなら、僕は生きていたい」

「でも……」

「航は自分を好きになることを強要されたと思ってるけれど、僕にだって好き嫌いはある。優生が仲のいい同僚でも苦手な人はいたし、逆の場合だってあった。僕にだって意思はある。そのうえで今を選んだんです」

初めて、海里が自分の意見を述べた気がする。

そのことに打たれ、航は彼の横顔をまじまじと見つめた。

凜(りん)とした、美しい顔。

そこに漲(みなぎ)る静かな決意。

航の情熱に流されているだけではないかと微かに疑っていたが、今なら、海里の気持ちを信じられる。海里は航を、航として愛しているのだと。

沈黙のあとに藤沼は立ち上がり、木製のサイドボードに歩み寄る。そこに差し込まれていた古い聖書を取り、無造作に開いた。

そこには封筒が挟まれており、藤沼はローテーブルの上を滑らせるようにしてそれを航に寄越した。

「おまえの父親から、これを預かってた」

怪訝に思いつつ黄ばんだ封筒を開くと、そこには一枚のＩＤカードが入っていた。

名前は、藤沼海里。

「これ……海里の……？」

写真も新しいいし、更新の年月日も今年のものだ。

誕生日、名前、現住所――どこをどう見ても、立派なＩＤカードで、偽物とは思えない。

「そうだ。実際の更新手続きは優生の仕事だったが、俺が海里の身許引受人になっていた。戸籍上でも、海里は俺の息子だ。だから、海里が元気だと知っていたんだ」

信じられないことに、航は干涸らびた声で「どうして……」と呟くのが精いっぱいだった。

「自分の戸籍に入れてはすぐにばれてしまうから、俺に頼んだんだ。小池っていうのは、研究所内での通称だ。入院中や海外にいる人間は書類と写真があればカードの代理人でも更新ができるから、その仕組みを使ってた」

「ＩＤカードがあれば、海里は人として見なされるってことですよね」

思いがけない展開に、航は呆然としつつも声を弾ませる。

それですべてが解決するわけではないが、大きな光明となるのは間違いない。

「もちろん。書類の上では彼はクローンではなく、一人の人間だ。これがある以上、海里を殺すと殺人になる。研究所だって、いくらなんでもその危険を冒すのは嫌だろう。それなら、どうとでも取り引きができる」

「はい。でも、どうやってこれを作ったんですか？」

「IDカードを導入したばかりの頃は、いろいろ混乱もあった。それにつけ込むのは難しいことじゃない。それに、優生が困った顔をすると、手助けをするような連中はどこにでもいたからな」

藤沼は核心をぼかして肩を竦めたので、何となく追及しないほうがいいだろうと理解した。

「優生は困ったやつだよ。非常識で天才肌で、不器用だ。どこからどう見ても歪んでるくせに、上手い具合にオブラートでくるんで隠してる。おまけに変な方向に家族愛が強いからたちが悪い」

「……はい」

優生の歪みが、海里という可愛くてどうしようもない生命体を作り出したのだ。

「こんなことに手を貸すつもりはなかったのに、結局、誰もがあいつを好きになる。どんなに歪んでいたって、あいつは人を惹きつける」

藤沼の言うとおりだった。

優生には昔から、そういうところがあったのだ。

「クローンがクローンとして認められる世の中が来るのを優生は願っていた。だが、そうでなかったときのための手助けをしてほしいと言われたら、断れなかったよ」

「こんな保険を用意して黙ってるなんて、父さんも人が悪い」

安堵から、つい、そんな言葉が漏れてしまう。

「ここに来る決断力がなければ、誰かを守るなんて無理だろう」

けろっと言われて、航はそれもそうだと思い直した。

互いの思いの深さを測っていたのは、今は亡き父なのかもしれない。

「父にあなたのような友人がいてくれて……とてもよかったです」

それに対して、藤沼は肩を竦めるに留めた。

「俺としてはこれで肩の荷が下りるが、後悔はしないのか？　ＩＤカードなんて気休めだ。この世の中で、クローンが生きていくなんて大変なことだろう」

「俺は一度、海里の手を離しそうになった。でも、気づいたんです。やっぱり無理だって。手放すことなんてできない」

自分の気持ちを確かめるように、航はひとつひとつの言葉を確かめながら口にする。

「海里を守るために、一生かけてもいい。海里は父とは違うけれど、どちらも俺には大切な人だってわかりました」

守れなかった愛しいひとを、今度こそ、守りたい。

「――そうか」

航のこの強い感情が何に基づくものなのか、藤沼は聞かなかった。

尋ねられれば彼を愛していると答えただろうが、勝手に告白する必要はない。

「ほかに何か、手助けしてほしいことは？」

とっくに辞めてしまった研究所のことなど相談しても仕方ないが、何か知恵を貸してほしくて航は口を開いた。

「俺たち、研究所から狙（ねら）われてるんです。彼らは海里の情報を狙ってるみたいで……」

「海里の？」

「父の研究を海里がよく知っているから、と」

「知ったところで、道具も資金もなければ何もできない。特許があるから、よその研究機関に売り飛ばすことは難しい。それくらい、研究所の連中だってわかっているんじゃないか？」

「でも、笹岡さんは……」

「笹岡？　何だ、笹岡がわざわざ追いかけてきたのか？」

藤沼はぴくりとその名前に反応した。

「はい。自分でプロを雇ってるみたいでした」

「そこまでするなら、逆にごく個人的な事情だろうな」

こともなげに言われて、海里は腑（ふ）に落ちずに聞き返してしまう。

「個人的ですか？」

「あいつは……その、昔から優生にかなり執着してたんだ。就職もコネを使って研究所に潜り込んだほどだ。だから、クローンの海里が欲しくてたまらなくなったんじゃないのか？」

それでようやく腑に落ちた。笹岡の執拗さがどこから来るのか、気になっていたからだ。

「そんなに、ですか？」

「ああ、殆どストーカーといってもいい。あいつのことなら、たぶん心配しなくていいはずだ」

「それを聞いて、安心しました」

今度こそ気がかりがなくなり、航はほっとする。

話が終わったと見て取ったらしく、彼が厳しかった表情を和らげた。

「泊まっていくか？　まさか東京までとんぼ返りするわけにもいかないだろう」

有り難い申し出だったが、仮に研究所の連中が追いかけてきたら、藤沼の目の前で笹岡とやり合うことになる。それはそれで申し訳ない。

ここまで世話になった恩人ともいえる相手に、そんな真似はさせたくない。

「いえ、ホテルを取ります。そこまでお世話になれませんから」

「そうか。だったら、旅館を紹介してやるよ」

「旅館？」

「ああ、車で三十分くらいのところに知り合いのやってるいい宿がある。せっかく輪島まで来たんだから、温泉くらい行かないとな」

それを聞いて、海里がぴんと背筋を伸ばす。

耳を澄まし、目を輝かせているその子供っぽい仕種は、どこか優生に似ていた。

研究を始めるときの、わくわくしている顔。

「ほら、あいつ――温泉初めてなんだろ？」

「そうみたいです」

苦笑する航に、「友達価格になると思うけど、結構いい値段だからな」と藤沼はつけ加える。

一応は、財布の中身を慮って（おもんぱか）くれているらしい。

「大丈夫です。これでもう、逃げなくて済む。金のことは考えなくて済みそうなので、一日くらいはお祝いをします」

「だったら、のんびりしてくるといい」

藤沼はそう言ってから、航に穏やかな視線を向けた。

「君が進む道のり、か――海里は、君が生きてきた人生と、この先の人生を示しているんだな」

「え？」

唐突に言われても、わけがわからない。

「名前だよ。『航』に『海里』なんて、優生にしてはロマンがある」

藤沼は照れ臭そうに呟き、「元気でやれよ」ときょとんとしている航の背中を叩いた。


いかにも無骨そうな藤沼が、こんないい宿を知っているのか――。

まるで女性誌にでも出てきそうな、洒落た門構えだ。

立派な門を抜けると、その先はしばらく山野草の生えた庭が広がっている。

軽自動車で来るよりも、高級外車で乗り付けるほうが相応しそうな外見だった。

間違えたところに来てしまったのではないかと慌てたが、門にしたためられた宿の名前は教えられていたものと相違がない。

「航、どうしたの？」

「いや……間違えたんじゃないかなって」

「すごく素敵な宿だね。聞いてみる？」

もたもたしているうちに、玄関がからりと開き、着物を身につけた仲居が来てしまう。

「松永様ですか？」

名前を呼ばれて航は目を見開いた。

「はい」

「ようこそ。藤沼さんからご連絡をいただいております」

ここまで立派だと思わずたじろいだが、これからはカードを使ってもいいのだと思い直す。海里の身許が保証された以上、もう、恐れるものはない。

逃避行は終わりなのだから少しくらい贅沢をしてもいいだろうと、気持ちを切り替えることにした。

藤沼の家を訪れたときはシャツでなくてもよかったかなと思ったのに、この旅館に来た以上は、ちゃんとした服装で助かったと実感する。思わぬところで役に立つものだ。

「藤沼さんには、当館のロビーの家具を中心に作っていただいているんです」

「ああ、これですか」

入ってすぐのところはロビーになっており、古民家を移築したのだという。

そこにはどっしりとしたローテーブルやソファが並べられていた。

「ええ。この宿は、主として北陸の古民家を移築して作っているんですよ。お泊まりになるお部屋も、古民家を改造しています」

「すごいですね」

「おかげで評判もいいんです。古民家を離れとして使っていて、プライバシーも守れるので、新婚さんに人気がありますね」

「……そうなんですか」

そうであれば、男二人で泊まりにくるなんて滅多にない客というわけだ。

藤沼がどう言って電話をかけてきたのか、ひどく気になってくる。

もしかして……全部ばれていたとか。

彼なりの祝福だとすれば、かなりいたたまれない。航は複雑な気持ちになったが、海里がまるで気にも留めていない様子なのが唯一の救いだった。

「古民家にしっくり来る家具を作ってくださる方はなかなかいなくて……藤沼さんはメンテナンスもきっちりしてくださってるんですよ」

仲居はそう言いながら、海里と航の二人を部屋まで案内してくれた。

オフシーズン、しかも平日ということで、そうでなくとも小さな宿は思い切り空いているらしい。もう夕方なのに、部屋に行くまで、誰ともすれ違わなかった。

「本日お泊まりいただく部屋は離れではないのですが、今日は珍しく他のお客様がいないので似たようなものかもしれませんね」

「そうなんですか」

通されたのは、二間続きでそれぞれ十畳はあるような広々とした部屋だ。

食事の前に部屋に備えつけられた小さな露天風呂に入ってはどうかと言われたが、そこで海里の腹の虫が騒いだので、先に食事をいただくことにした。

それにしても、広すぎるというのは身の置きどころがない。

テレビを点けてもニュースが終わってしまっていたので見るものもなく、手持ち無沙汰だった。

仲居が淹れてくれたお茶を飲みながら、海里は「正座って大変だね」と小さく言う。

「正座するの、初めてか？」

「初めてじゃないけど、必要はないから、あまりしたことはないよ」

「まあ、そうだよな」

そこで会話が途切れる。茶請けの菓子を齧（かじ）りつつ、航は気になっていたことを聞いてみることにした。

「どうして藤沼さんのこと、ずっと言わなかったんだ？」

「僕は処分されるべきクローンだ。足掻（あが）くつもりはなかったんだ」

「少なくとも、優生はそうは思っていなかったはずだ」

低い声で唸るように言うと、海里は「ごめんね」と淡く笑んだ。

「そうだけど、どうしようもないと思っていたんだ。いくら航と一緒にいたくても僕は戸籍も何もないし、この世界では生きていけないって……優生がそれを用意してくれていたとは、思ってもみなかった」

「父さんも意地が悪いな」

「……そうだね。すごく心配してくれてるのはわかっていたけど……」

これからクローン人間に対する風当たりは、ますます強くなる。それでも一緒にいたいのであれば、道を己の手で開くほかない——父は海里にそう教えたかったのかもしれない。

「僕に生きていく覚悟ができたら、藤沼さんのところへ行くと思ったんじゃないかな」

優生らしからぬ厳しさだったが、海里にはそれくらいの覚悟が必要だ。

「おまえのその……俺に対する気持ち。それは刷り込みじゃないか？　海里には別の生き方ができると思う」

「わからない。そんなことは」

海里は首を振った。

「だけど、僕は君が好きだ。それは本当で……君と離れるのが怖くなった。出会う前は、もっとあっさり別れられるだろうと思っていたのに、全然違った。一緒にいればいるほど、もっとずっとそばにいたいと思うようになったんだ」

目を伏せて辿々しく言う海里に手を伸ばし、座卓に乗ったその手に触れる。

「嬉しいよ、海里」

「これから、どうすればいいんだろう……？」

今まで海里が一度も口に出したことのない疑問だった。

「家に帰ろう。帰って、また前みたいに暮らせばいい。研究所が何か言ってくるかもしれないけど、海里にはＩＤカードも戸籍もあるんだ。手出しはさせないよ」

「でも、僕はスキルとかないから、ただの役立たずだよ」

本気で海里が困っているようだったので、航は噴き出しそうになった。

今はそんなことを考えなくていい。

生きとし生けるものには皆、無限の可能性がある。

それを探していけばいいのだ。

「頭がいいのは父さん譲りだろ。べつに、できることがわからなくてもちゃんと探せるよ。今はまだ、世の中に出たばかりなんだからさ」

「……うん」

海里は考え深げに頷き、それからきりっとした顔になった。

「それなら、僕は、ほかのクローン人間を助けたい。方法は、まだわからないけど」

「……そうだな。おまえの仲間たちだもんな。何かできないか、ゆっくり考えてみよう」

こうしているうちに、重ねていた掌が汗ばんできたような気がした。

どうしよう。

海里のことが、すごく——欲しい。

「かい……」

呼びかけたときに、襖の向こうから仲居が「失礼します」と声をかけてきたので、航は慌てて手を離す。どうしてこう、自分はいつも誰かに邪魔されるんだろう。

襖が開き、仲居がにっこりと笑った。

「お腹が空かれたでしょう。今、用意しますね」

「お願いします」

室内の雰囲気に気づかれたのではないかと頬が火照るのを感じつつも、航は居住まいを正した。

そこから、豪華な夕食が始まった。

山海の珍味で構成された食事は美味しく、海里は幸せそうな顔で堪能する。

外食なんてろくにしたことがなかったし、この間に食べられたのはコンビニのお弁当やSAのどんぶりものくらいだ。手の込んだ料理は彼には新鮮なのだろう。

海里は料理の一つ一つに歓声を上げ、その反応のよさで仲居を喜ばせた。仲居も感動し、最後には料理長を呼んできたくらいだった。

食事のあとはしばらく休んでいると、海里が「お風呂入りたい」と口にする。

「じゃあ、行くか」

貸し切りの家族風呂があるというのでフロントに断ってから鍵を借りる。

意外にも広い露天風呂で、頭上には星空が広がっていた。

「綺麗……」

落とした照明のおかげで、殊更星の美しさが目立っている。

風呂全体が木々に囲まれていて、目を閉じると、掛け流しの湯が流れ込む音と風の流れる音が爽やかに響いた。

「すごいね……」

海里が感心したように呟く。

「明日の朝なら、もっと景色がよく見えるだろうな」

「裸で立ち尽くしてないで、入ったら？」

「うん」

そうでないと目のやり場がないので航がぶっきらぼうに言うと、海里は躰を流してからいそいそと湯船に足を入れる。

岩でできた浴槽を珍しそうに触りながら、海里は「あったかーい」と呟く。

「この宿、すごいね。ご飯もお風呂も、部屋も素敵で」

「そういえば、海里は料理の中で何が一番好きなんだ？」

何となく話を振ってみる。これから海里と生活していくうえで、その知識は仕入れておきたかった。

「ご飯？　何でも美味しいよ」

「美味しいじゃなくて、好き、だよ」

航が強引に訂正すると、海里が押し黙った。

「料理長にも、さっき聞かれたのに答えなかったじゃないか」

「航の作るご飯」

「え？」

「航のご飯が好き。それが一番美味しいよ」

そんな殊勝な言葉を聞かされて、航はどんな顔をすればいいのかわからなくなった。

「海里……それ、反則」

今にもにやけてしまいそうだ。

「そうなの？　どんなルール？」

「俺の決めたルールだよ」

「わかった」

海里は特に笑いもせずに、「今度ルールを全部教えてもらわなきゃね」と言った。

相槌を打つのも忘れ、航は口を閉ざした。

海里を目の前にしていると、自分の心が動くのを感じる。

そもそも海里と出会ってからの航は、我ながらびっくりするほど感情に起伏が生まれるようになっていた。

おそらく、もう抑えなくていいからだ。

父への愛も、海里への愛も。

生まれて初めて、実感する。

人を好きになることは、こういうことなのだと。

「おっきいお風呂って、気持ちいいね……こんなの初めて」

航の気持ちなど知らない様子で、海里はのんびりと呟く。

家族風呂なのでそこまで大きくはなかったが、自宅やリゾートマンションの風呂しか知らない海里には、珍しいのだろう。

「気持ちいい？」

「もちろん。手脚伸ばせて…」

そのあとの台詞（せりふ）が掻き消えたのは、航がキスをしたからだ。

海里の唇は少し乾いていて、甘かった。

「航？」

「これと、どっちが気持ちいい？」

「比較するの、間違ってる……」

海里が拗（す）ねたように言ったので、また顔を近づけて唇を掠め取る。

「ん……!?」

今度は強引に舌を差し入れたせいで、海里が驚いたように震える。

「は…ん、んんー……ッ」

くすぐったそうなその表情に煽られて、航は手を伸ばしていた。

湯の中で揺れる小ぶりな性器を捕らえ、その唇や頬に雨のようにキスを降らせながらゆったりと愛撫を加える。このところお預けだったせいか、もともと感じやすい海里の躰はすぐに反応を示し、彼の性器は手の中ですぐさま育っていく。

「海里、好きだ……」

優生の身代わりとしてではなく、海里として彼のことを好きだ。

生涯、ずっと寄り添って生きていければいい。

「ふ……くすぐったいよ……」

海里が身を捩るとぱしゃんと音がして、湯が波立つ。いくら自分たちしかいないとはいえこんなことをしていいのかと思ったが、これも大事な社会勉強だ。

「ん……ぅう……」

海里の首の付け根に顔を埋め、鎖骨に歯を立てる。彼の膚からは、温泉のお湯特有の不思議な味がする。

「だめ……だよ……」

せつなげに海里が囁いたので、航は不満顔で彼を見つめる。

「どうして」

「も、欲しく…なってきた……」

海里に真っ赤になって言われて、おかしくなった航は「そのための準備だ」と耳打ちした。

「こんな、ところで……するの……?」

「うん」

「…ど……やって……?」

「俺が教える」

囁きながら指を忍ばせると、想像以上にすんなりと呑み込まれていく。

海里は「アッ」と高い声を上げる。

外とはいえ大胆な声で、航はぎょっとして動きを止めてしまう。

「そ、そんな顔……しないで……」

「ごめん、驚いただけ」

やっぱり、彼の中は途轍もなく熱い。

今までで一番、熱く感じられた。

「どうしよ……」

狼狽したように海里は身を捩り、俯く。

そのあいだも指をくにくにと動かしているせいで、彼の吐息はますます濡れていく。

「……すごくきもちいい……航が、僕のこと……」

「俺が海里を好きって言ったから、よけい感じる?」

抱き合うときに『海里』とその名前を呼ぶのは、初めてだと思う。

最中に「父さん」と呼ぶことで、海里とは一線を引こうとしていたのかもしれない。

「……たぶん……」

優生のことをどんなに好きであっても、躰を重ねたいとまでは思わなかったのは、彼が父親だったせいでもあるが、それだけではない。

決定的な一線を越えるには、航の思いが弱すぎたのだ。

欲望も衝動も足りなくて、思いを成就できなかった。

でも、相手が海里であれば話は違う。

こんなにも海里が愛おしい。

愛しくて愛しくて、どうにかなってしまいそうだ。

「もっとあちこちキスしたりしたいけど、とりあえず……挿れたい」

即物的な欲望を口にすると、海里が小さく笑うのが指先にも伝わってきた。

「獣みたいだ」

「お互い様だろ」

指を抜いた航は海里に後ろを向かせると、「そこに摑まって」と指示する。

「ん……これでいい……？」

海里が風呂を形成する岩の一つに両手をかけた。

「うん。痛くないか？」

「平気」

海里の白い膚にひっかき傷なんて、残したくない。そう考えながら、彼の細い腰を掴んで後ろからいきり立つものをねじ込んだ。

「あー……ッ」

まだ尖端を挿れただけだ。

なのに、過敏になっていたらしい海里はぴくぴくと躰を震わせながら、そのまま達してしまった。

大きく息をつきながら、岩に凭れるようにして脱力している。

「早いよ」

「ごめん、でも……すごく、よくて……」

海里の声が、甘く震えている。

泣いているのかもしれないと思ったが、この体勢では顔が見えない。

湯気も邪魔だったけれど、それもまた温泉の醍醐味だ。

「可愛い」

呟いた航は、身を倒して海里のうなじにめちゃくちゃにキスをした。

「あうっ」

頸筋（くびすじ）に噛みつくと転々と痕がつき、海里が小さく仰（の）け反（ぞ）った。

蒸気と額から流れる汗のせいで、髪が一段と湿ったみたいだ。

「動くよ」

「ん…っ…」

航が躰を微かに揺らすだけで、海里の声が揺らぐ。

はじめは緩やかに、中を確かめるようにそっと内襞を抉（えぐ）る。やわらかな肉襞は航を包み込み、纏（まと）わりつき、動かすのもきつかった。

「ね…そこ……もっと、動いて……」

「こう?」

言われたとおりに、今度はもっと大胆に前後に腰を動かす。

「ん、ふ……あ、は、あ、ああっ……ン……」

途端に海里の声が跳ね上がり、ずっと甘みを帯びて航の鼓膜を擽（くすぐ）った。たまらない声を聞かされ、航の昂奮も加速度的に膨れあがる。

もっとその声を聞きたい。

腰を打ちつけているうちに、自分の膚を湿らせるものが汗なのか蒸気なのか、それすらもわからなくなる。

それほどまでに、全身が熱い。

「これ、そんなにいい？　好きになった？」

「うん……すき……航、きもちい……」

魘されるように言いながら海里は喉を逸らして、航の責めを甘受している。

「航、僕で、いいの？」

「は？」

今、聞くべき言葉じゃないはずだ。

戸惑いに思わず動きを止めると、岩にしがみついたままの海里は苦しげに言葉を振り絞った。

「僕なのに、いいの？　僕は優生じゃない。代わりにもなれない」

「……わかってる……！」

背後から彼の華奢な躰を抱き締め、航は押し殺した声を上げた。

そんなことは、誰よりもよくわかっている。

「おまえが、いい……俺は、おまえにしか、こうならない……」

腰を軽く引いて、ぐっと衝き上げる。それだけで湯が飛び散り、飛沫となった。

「ぼ、僕も…だよ……航……すき……すき…っ……」

「海里……海里、俺のだ……」

もう夢中になって、ただただ欲望の迸るままに海里を衝き上げる。

襞が絡んできて相当きつい、でも、それがすごく――いい。心地よくて、気持ちよくて、ここから出ていきたくない。

「んふ、あ、あ……は……く……ん、ん、すごい…ッ…」

航が力任せに突き入れるたび、湯がぱしゃぱしゃと揺れる。水中で海里のそれを捉えてゆるゆると扱くとますます海里の反応がよくなり、締めつけがきつくなった。

「あっ！　そこ、いい……航……どうしよ、だめ……」

狙い澄ましたように、海里の感じる場所を突く。

もうすっかり、海里の好きなポイントは覚えていたからだ。

「だめじゃないだろ」

律動に応じて激しく湯が波立ち、海里がせつなげに喘ぐ。

「うん、いい、きもちい……いい、いいっ」

きゅうきゅうと力の限り締めつける海里の肉体の欲深さに、航はたまらない愛しさを覚える。

「航……いい……ッ」

心も躰も、どちらも愛しくてたまらない。

「そこ、して、もっとして、もっと……もっと、強く……」

首を捻り、航の顔を見ながら海里が舌足らずに訴える。

上気した頬、潤んだ目、全身を薔薇（ばら）色に染めて躰をくねらせる海里に劣情が募り、どうしようもなく欲しくなってしまう。

「ここ？　好きなのか？」

「うん、いい、いい……イイ、すごく……壊れちゃう……」

「……馬鹿、壊すわけない、だろ……」

激しく湯が飛び散る。もう限界だった。

「出して、いいか？」

「うん……出して……！」

「海里……」

海里の中に劣情を一気に解き放つと、ややあって海里が射精するのがわかった。

「ふ……ぅ……ン」

繋がったまま強引に振り向かせて、航は彼の唇を貪る。

そうでなければ、海里が消えてしまいそうだから。

でも、消したりしない。この人は世界で一番愛おしい、航だけの愛する人なのだ。

「のぼせたか？」

航の腕の中で脱力する海里を膝に座らせて問うと、彼は「のぼせるって？」と小首を傾げた。

「つまり……頭、くらくらしないか？」

「平気、だと……思う」

掛け流しの温泉でよかった。

湯を汚してしまったことに少しばかりの罪の意識を感じつつ、海里が浴槽から上がるのに手を貸してやった。

動くのが億劫（おっくう）そうな海里の躰から水分を拭（ふ）き取り、ついでだからと、海里に紺地に白で模様を染め抜いた浴衣（ゆかた）を着せてやる。

海里は色白なので、こうした色味の浴衣を着ると仄白い膚が際立って美しい。

「浴衣なんて、初めてだ」

膚をうっすらと桜色に染めて喜ぶ海里は、やはり、父とは違う。

わずかに覗く海里のうなじには、航が散らしたキスマークがついていた。

のぼせと疲れでふらつく足取りで部屋に戻ると、天井の大きな照明は消されており、布団の支度がされていた。

枕元には行灯（あんどん）型の電灯が置いてある。

「すごいね、時代劇みたい」

いつの間に得た知識なのか、謎（なぞ）の感想を述べた海里が布団の上に座り込み、浴衣の衿元をばたばたさせる。

「暑いのか？」

「ちょっとだけ」

こちらを見上げる海里の瞳は、未だに欲望で潤んでいた。

引き寄せられるように航はその場に膝を突き、海里の背中に右手を回してぐっと抱き寄せる。

「ン……」

もう何度目かわからない、キスだった。

「航……？」

布団を押し退けるようにして剥ぐと、そこに海里を組み敷く。そして、さっき着せたばかりの浴衣の帯を緩めて、前をはだけさせた。

「海里……乳首、勃ってるな」

「やだ……なに、いって…」

羞じらう海里の胸にもたくさんのキスをする。

「さっき、こっち……できなかったから」

「ふ……くすぐったい……」

誰に見られたっていい。

海里は自分のものだ。

躰のあちこちに確かめるようにキスをして、白い膚に痕(あと)をつけていく。

じれったいくらいに丁寧な愛撫をしているうちに、堪(こら)えられない様子で海里が腰をもじもじとさせた。

「航……もう、挿れて」

媚(こ)びるようにねだられると、我慢が利かなくなりそうだ。

「いいのか？」

海里のものはぴくぴくと脈打っていて先走りを零しているが、まだ達していない。

「うん……挿れられて、達(い)きたい……一つになりたい……」

そんなことを言われたら、平常心でなんていられなくなる。

「ここに……出して……中に、航のいっぱい…して…？」

誘うような海里の台詞に煽られ、浴衣を着たままの航は膝立ちになったまま海里を引き寄せる。自分の腿(もも)に海里の尻を乗せ、そのまま挿入を果たした。

海里は自分の脚を立てて、浮かせかけた腰を微かに揺らめかす。

欲望の赴くままに挿れただけでろくな愛撫もしていないのに、すでに海里のそこも漲っており、とろとろと雫(しずく)を滴(したた)らせていた。

「海里の躰、やらしいな……」

「え」

自分と繋がっているせいで、海里の戸惑いも全部肉体越しに伝わってくるみたいだ。

「いつもちゃんと俺のこと欲しがって、呑み込んでくれる」

「それは……航を、すきだから……」

海里はそう言って、「ここ」と下腹のあたりを撫でる。

「ここに、航がいるんだよ」

そんな健気なことを言われてしまうと、もう、我慢できなくなる。

航は海里の腰を押さえ込み、腰を引く。それから、勢いをつけて激しく押し込んだ。

「あっ⁉ なに、航……ちょっと、や、や、だめ、ああ、あっあっ」

あまりのことに翻弄され、海里は言葉にならない喘ぎを漏らす。

「あ、あっ、だめ、いく、いく、いくっ」

ぴしゃりと熱いものを跳ね上げ、海里が達したのを知るが、航はまだだ。

「達きたいんだろ？ 達っていいよ」

自身も絶頂が近いが、震えるように締めつけてくるこのみっちりとした肉を味わいたくて、航は無心になってひたすらに腰を使う。

「ん、んあっ、あ、アッ、航……いい、きもちい……」

悲鳴のように喘ぐ海里の声は、まるで音楽だ。

自分だけを酔わせてくれる、至上の音。

「俺も……」

「だめ……またいっちゃう……」

「いいよ、何度でも達って」

囁いた航は躰を倒し、海里の唇を塞ぐ。すぐに彼が自分から舌を忍び込ませてきたので、航は小さく笑ってそれを受け止めた。

上も下も、すべてが繋がっている。

そう思うと愛しさで胸が一杯になり、航は彼の中にまたしても精を放った。


——航。航、ごめんね……ごめんね。

航の一番古い記憶は、父の泣き顔だ。

病院の廊下に連れてこられた航は、泣き崩れる優生の姿を見てびっくりしてしまった。

——ママ、しんじゃったの……？

——うん。お腹には航の妹もいたんだよ。

研究所に行く途中の、交通事故だった。

十数台の自動車が巻き込まれたタンクローリーの横転事故で、母は運悪く帰らぬ人となったのだ。

——ぼくはへいきだよ。
——おまえは強くて気丈だな。子供にそんなことを言わせるなんて、不憫だ。
そう言った父は、ひとしきり泣きじゃくった。
——ごめんね。パパのほうが泣いちゃったね。これからは、パパと二人だ。
ぐすっと啜り上げて、優生が優しく宣言する。
——ずっと、いっしょ？
——え？
——ぼくのこと、一人にしない？
航が尋ねると、優生ははっと目を瞠る。
そして、「もちろんだよ」と泣きながら頷いた。
——僕も死なないよ。パパと一緒にいるの。だから、泣かないで。
——うん……。約束しよう。
——指切り、する？
——そうしよう、航。パパも絶対、航を一人にしないよ。絶対に、絶対だ。
優生がほっそりとした小指を伸ばしてきたので、航はそれに自分の幼い指を絡ませた。

目を覚ますと、海里はもう一度着たはずの浴衣をぐちゃぐちゃにはだけさせて眠っている。

「父さんはもう少し、寝相……よかったよ」

小さく呟いた航は、海里の衿を直してやろうとしたが、そこで手を止める。

海里の胸元は、航がつけたキスマークでいっぱいだった。

もちろん航だって、父にこんなことはしない。

「海里……」

愛おしさが込み上げてきて、その額にくちづける。

もう、一人じゃない。

この人は父ではないからこそ、海里はあの約束を叶えられた。

これからもずっと一緒にいられる。

逃げ続けてきたリアルな世界に戻ることも、今はもう怖くはない。

二人でいれば、どんな苦しみも乗り越えられる。

「航……？」

身を伏せた航が海里の肩にくちづけると、彼が睫毛（まつげ）を震わせる。

「うん」

「どうしたの？」

「あんたがそばにいるんだなって感慨深くなった」

目を開けた海里は「ずっとそばにいるよ」と微笑む。

寝惚けているはずなのに、やけに明瞭な答えだった。

「約束だ。ずっと、一緒にいる」

「うん」

囁く航に、海里が右手を伸ばしてその手に触れてきた。

「……なに？」

「約束は指切りをするんだよ」

「ああ……そうだったな」

頷いた航は、海里の指に自分のそれを絡ませる。

これでもう、二度と離れない。

「愛してる、海里」

「僕も……愛してる」

絡ませた二人の指と指は、この約束が永遠に続くことを意味していた。

あとがき

こんにちは、和泉です。

このたびは『Ｔｉｍｅ Ａｗａｙ』をお手に取ってくださり、ありがとうございました。

滅多にない英語のタイトルで、たまには思わせぶりな感じにしようと思ってつけてみました。意味や謂われは本文中では具体的に出していませんが、何となく雰囲気が伝わるといいなと思っています。

今回は、息子×父親を書いてみたいなあというのと、クローンって面白いかも……と思いついたところから生まれたお話となります。ファザコン気味の息子は大好物なので、とても楽しく書きました！　クローンのネタをＳＦにするには知識が皆無なので、世界観的にはＳＦでなくていわゆる「少し不思議」路線です。クローン人間が普通となっている、ちょっとだけ現代と位相がずれた日本であって日本でない場所が舞台なので、細かいことは突っ込まずにいただけると嬉しいです。社員旅行はどうかなと悩みつつも、このずれた世界観では面白い習慣としてありそうだと思って入れてしまいました（笑）。

そういえば、攻視点というのもほとんど書かないので、そちらも新鮮でした。航と海里、どうだったでしょうか？　自分としては優生はいつもよりちょっと不思議ちゃんなところを抑えめにしてみました。

硬質でありつつも色っぽい素敵な挿絵を描いてくださった、麻々原絵里依様。デビュー作の雑誌掲載時から拝読してずっとファンだったので、今回イラストを描いていただけるとわかって大変嬉しかったです。それなのに、ご迷惑をおかけして申し訳ありませんでした。美しいイラストに感激しました。どうもありがとうございました！

ルチル編集部のO様とA様には今回も大変お世話になりました。粗忽な自分が恥ずかしいです……。次回もどうかよろしくお願いいたします。

この本をお手にとってくださった皆様にも、心より御礼申し上げます。

何と次の本で、ルチル文庫からの二十冊目の文庫本になります。こんなにたくさんの本を出していただけて、嬉しい限りです。

それでは、また次の本でお目にかかれますように。

和泉　桂

「小池くん、そろそろ上がる？」

アルバイト先のカフェの店長である林に言われて、することもなくキッチンで佇んでいた小池海里はぱっと顔を上げる。

「もう、ですか？」

暇とはいえ、勤務の終了時間まではまだ二十分近くある。

「ラストオーダーの時間も過ぎたからね。洗い物は食洗機にかければいいし、今日は閉めちゃうよ。片づけはやっておくから」

「ありがとうございます」

実際、厨房のドアからちらっと見たフロアは客が疎らだ。海里はキッチンスタッフなので、ラストオーダーが終わると厨房の片付けと食器洗いくらいしか仕事がない。これだけの人数なら、店長が一人でできると判断したのだろう。

海里がロッカールームに引っ込んで着替えていると、林が顔を出した。

「これ持って帰っていいよ。うちのアップルパイ」

「いいんですか？」

「うん、捨てるの勿体(もったい)ないからね」

「ありがとうございます！」

アルミホイルに包んだアップルパイを両手に持って、海里は声を弾(はず)ませた。

布製の鞄(かばん)にアップルパイを恭(うやうや)しくしまい込み、エプロンをクリーニング用の袋に入れる。

それから「お疲れ様でした」と店長に一声かけて、海里は裏口から道路に飛び出した。

風はすっかり冷たく、秋の気配が忍び寄っている。

始めて今日で二週間になるカフェのバイトは、今のところ何とか順調だった。

自分の人生を自分で決められる、ということ。

海里にとって、それは初めての経験だった。

自分にも好き嫌いはあるし、意思だってある。でも、その感情を基準に自分の動き方を決めるというのは、おそらく初めてのことだ。

松永航(まつながこう)のところで暮らすようになって、一か月。

海里の生活は、だいぶ軌道に乗ってきたと思う。

密かに恐れていたものの、笹岡(ささおか)はあれからまったくちょっかいを出してこない。海里は航が何か交渉したのだろうと感づいていたものの、直接尋ねてはいない。

航が海里のためを思って黙っているのであれば、蒸し返してはいけないだろうと考えたからだ。

航に言ったとおりに、海里の望みの一つは、自分と同じクローン人間を救うことだ。当然、そのための方法は、海里と航だけの力では見つかるわけがない。だけど、何もしないよりはいいだろうと、まずは海里が最も信頼できそうな主張を持つ活動家と会って話を聞いた。そして、裏方として事務局の仕事を手伝うことになった。そこでクローン仲間と知り合い、海里には久しぶりに友達ができた。

その中で始めたバイトは、活動資金を稼ぐためと社会勉強のためだ。学校に通ったことがないために学歴も何もないので、とりあえずは料理を勉強してみたいと思って、お遣いの帰りに見つけた感じのいいカフェでアルバイトをすることになった。最初は航も渋い顔をしていたが、裏方のキッチンスタッフだというと納得してくれた。

アルバイトはまだ慣れていないので疲れるし、とても緊張する。だけど、料理を覚えていくことは楽しかったし、航が一日一回は来てくれるので、淋しくはなかった。

何よりも、外の世界を知ることはとても楽しくて、毎日が新鮮だ。

真っ直ぐ帰宅した海里が「ただいま」と玄関口で声をかけると、航が半分欠伸をしながら顔を出してきた。

「お帰り」

ただいまと言えること、お帰りと声をかけてもらえること。

こうした、ごくありきたりの営みが嬉しい。

無論、その逆だって幸福感で海里をいっぱいにしてくれる。

海里にとっては日常の一つ一つが新鮮で、発見に満ちていた。

「なに？」

思わず航の顔をじっと見つめると、彼がその視線に気づいて首を傾げる。

「ハンサムだなって思って」

「はいはい。海里は今日も綺麗だよ」

冗談で流す航の表情は、とても穏やかだ。

「カレー作っておいた。食うだろ？」

「うん、航のカレー大好き。……あ、今日もアップルパイもらってきたよ」

海里がそう言った途端に、「また？」と航の顔が少し強張る。

「あれ？　あんまり好きじゃなかったっけ？」

「そうじゃなくて。店長、じつはおまえに惚れてるんじゃないか？　お土産もらう回数が多すぎる。余ってるにしても、その廃棄率じゃ問題があるだろう」

「そうなのかなあ。僕は航が好きって言ってあるんだけど」

「言ったのか⁉」

「うん。女の子のバイトたちが、格好いい常連さんができたって盛り上がってたから……つい……」

焼き餅だという自覚はあった。

でも、長く片想いしてきたのだから、それくらいは許してほしい。

航とは、最初は息子として接するつもりだった。なのに、躰を求められるようになって、境界線を越え続けているうちに自分の本心に気づいてしまった。

海里にも、常識はある。理性だってある。

それでも航と躰を重ねてしまうのは、航を息子と思っているからではない。一人の人間としての彼を愛しているのだと。

自分の思いに恋と名づけてしまえば、海里の感情は呆気ないほど簡単に解明できた。

はじめからずっと、彼に憧れ、焦がれていた。

優生が語る最愛の息子の姿を、自分の目で見てみたいと思い続けていた。

会いたくて、会いたくて、突き動かされるように航の元に来た。

初めて、誰にも命じられずに動いたのだ。

自分の思いの正体になかなか気づかず、航を不安にさせてしまったことを、海里は少し後悔していた。でも、何もわからずに終わりにしてしまうよりはいいはずだ。

一番大きな望みが叶った今、海里の心は幸福で満たされている。

「そう……そっか。——ついでだから、サラダも作ろうかな」

なぜだか機嫌を直したらしく、航は夕食にもう一品追加する気分になったようだ。

「それなら、ポーチドエッグを作ってもいい？　贅沢カレーにしなきゃ」

「卵、あったかな」

「四個あればちょうどいいよ」

海里の言葉に航が顔を上げて、刹那、海里の目を見つめてから口を開いた。

「——数えてみるよ」

穏やかに答えた彼の瞳に宿る光は、どうしてか、いつもより優しく感じられる。

「待って」

海里は航を引き留めようと、急いで彼の服の裾を引っ張った。

「何だ？」

振り返った航の前で背伸びをして、そっと彼の唇にキスをする。

「海里……？」

「お帰りのキス。たまにはしてほしい……」

「恋人同士だったら、もっと熱烈なのじゃないと」

航はそう囁き、笑いながら海里の唇に自分のそれを重ねてくる。

舌を滑り込ませる熱っぽいキスは、どこか甘い陶酔の予感を孕んでいて、その先がどうなるかの予想がついてしまう。

「ん…」

ポーチドエッグを作るのは、だいぶ先になりそうだ。
目を閉じた海里はそんなことを考えながら、航の背中に両手を回した。

✦初出　Time Away……………書き下ろし
甘い生活…………………書き下ろし

和泉 桂先生、麻々原絵里依先生へのお便り、本作品に関するご意見、ご感想などは
〒151-0051 東京都渋谷区千駄ヶ谷 4-9-7
幻冬舎コミックス　ルチル文庫「Time Away」係まで。

幻冬舎ルチル文庫
Time Away

2014年9月20日　第1刷発行

✦著者　和泉 桂　いずみ かつら

✦発行人　伊藤嘉彦

✦発行元　株式会社 幻冬舎コミックス
〒151-0051 東京都渋谷区千駄ヶ谷 4-9-7
電話 03(5411)6431[編集]

✦発売元　株式会社 幻冬舎
〒151-0051 東京都渋谷区千駄ヶ谷 4-9-7
電話 03(5411)6222[営業]
振替 00120-8-767643

✦印刷・製本所　中央精版印刷株式会社

✦検印廃止

ISBN978-4-344-83230-5　C0193　Printed in Japan